Originaltitel: El Cielo © 2000, Nona Fernández
All rights reserved

© der deutschen Ausgabe: 2014, Septime Verlag, Wien
Alle Rechte vorbehalten

Lektorat: Gloria Hoppe
Umschlag und Satz: Jürgen Schütz
Umschlagfoto: © Claudia Hantschel
Druck und Bindung: CPI Books GmbH
Printed in Germany

ISBN: 978-3-902711-26-7
www.septime-verlag.at
www.facebook.com/septimeverlag | www.twitter.com/septimeverlag

Nona Fernández
Der Himmel
Erzählungen

Aus dem chilenischen Spanisch von
Anna Gentz

*Für Marcelo,
meinen Gefährten in diesem Himmel
und in allem Anderen.*

*Der Himmel ist hier sehr seltsam.
Wenn ich ihn so betrachte, habe ich oft das Gefühl,
daß er etwas Kompaktes ist,
das uns vor dem beschützt, was dahinter lauert.*

Paul Bowles
aus *Himmel über der Wüste*

Er ist groß und hell erleuchtet.
Er hat einen eisernen Rollladen,
der erst spät in der Nacht geschlossen wird
und eine Neonschrift, die immer leuchtet.
Zum Himmel, steht da.
Man kann ihn gar nicht verpassen.
Sogar der Betrunkenste findet ihn.

Marion

Ich glaube, ich bin die Figur einer Erzählung. Ich vermute, dass wir das alle insgeheim schon einmal dachten, dass wir Figuren einer Erzählung sind, eines Romans, einer ganz besonderen Geschichte. Es gibt so viele Zufälle, so viele seltsame Verknüpfungen, die hinter der nächsten Straßenecke auf dich warten, dass gar keine andere Möglichkeit bleibt: Du musst von jemandem geschrieben worden sein, zumindest an deinen besten Tagen, in deinen interessantesten Kapiteln. Als ich noch mit meiner Frau zusammen war, da dachte ich eines Abends, inmitten des Schreiens und Streitens, dass das alles ein Fehler sei, ein missratener Entwurf, der im Mülleimer landen wird. Ich nahm meine Kameras, meine Objektive und ging mit meinen Sachen auf die Suche nach neuen Episoden. Ich fand diese leere Wohnung. Ich kaufte eine Matratze, einen Tisch, ein paar Stühle und dachte, dass man hier in Frieden sein könnte, dass sich hier das Blatt wenden und ich den Rest der Geschichte allein weiterschreiben könnte, so wie ich es mir schon seit langer Zeit wünschte.

Allerdings war ich nicht besonders feinsinnig, als ich das erste Mal hier eintrat. Ich ließ mich von dem großen Fenster, von den Lichtern der Stadt dort unten, von dem kleinen Zimmer im hinteren Teil der Wohnung, wo ich meine Dunkelkammer einrichtete, verführen. Ich war nicht in der

Lage, Marions Gegenwart in den Wänden der Wohnung zu spüren. Sie spukte wie ein Geist zwischen den Mauern dieser Bleibe und als ich es bemerkte, da war es schon zu spät. Es blieb mir nichts anderes übrig, als sie als einen Teil des neuen Kapitels zu akzeptieren. Oder als Teil einer Erzählung. Eine Erzählung, die ohne Zweifel ihren Namen tragen würde: Marion.

Das erste Mal, als ich von ihr erfuhr, war an einem Sonntagmorgen. Meine Nachbarin von unten klingelte an der Tür, weil sie ein paar Kartons mitnehmen wollte, die man vom Vormieter hatte liegenlassen. Ich öffnete ihr, noch immer im Pyjama.

»Hallo«, sagte sie, schaute mich überrascht an und schwieg.

»Ja?«, fragte ich sie, damit sie irgendein Wort sagte und aufhörte, so ein überraschtes Gesicht zu machen.

»Entschuldigung ... Es ist nur, du siehst jemandem, den ich kannte, sehr ähnlich. Ich bin Antonia, ich wohne unten, in der 301. Ich komme, um ein paar gepackte Kartons abzuholen, die man im Einbauschrank stehengelassen hat.«

Antonia hatte versprochen, sie in den Keller zu bringen. Ihr Freund, der, der vorher hier gewohnt hatte, war für einige Zeit auf Reisen und bei der Heidenarbeit, die er mit den ganzen Vorbereitungen hatte, hatte er es nicht geschafft, sich selbst darum zu kümmern.

»Sie sind im hinteren Zimmer, im Schrank«, fuhr sie beharrlich fort.

Wir gingen in meine Dunkelkammer und im unteren Teil des Schrankes entdeckte ich vier fest verschlossene Kisten, die mit verschiedenen Wörtern beschriftet waren: *Geschirr,*

Zeitschriften und Platten, Wichtige Papiere, Fotos und Erinnerungen. Ich schlug Antonia vor, dass ich sie selbst in den Keller bringen würde, wenn sie meine Einladung annähme, gemeinsam zu frühstücken. Wir tranken Kaffee und plauderten ein Stündchen. Sie erzählte von ihrer kleinen Tochter, davon, wie schwierig es war, zur Arbeit zu gehen und sie allein zu Hause zu lassen. Ich erzählte ihr von der Fotografie, von meiner kürzlichen Trennung und meiner Lust darauf, allein zu sein. Mir schien dies ein guter Anfang zu sein: ein Sonntagsfrühstück mit meiner neuen Nachbarin, ein bisschen über alles plaudernd, in Ruhe ein paar Zigaretten rauchend. Allerdings war der Augenblick viel kürzer, als ich es mir gewünscht hätte. Ein zu schwacher Prolog, als dass man damit etwas beginnen könnte. Die Unterhaltung endete abrupt, als ich sie nach dem Typen fragte, der vorher hier gelebt hatte, der, der weit gereist war, der vorige Hausherr.

»Es ist ein Freund«, sagte sie mir. »Nur das, ein Freund, der fortging.«

Antonia ließ ihren Kaffee halb voll stehen und drückte ihre Zigarette aus, während sie sich erhob.

»Es ist spät«, fügte sie hinzu, »meine Tochter ist allein, ich muss nach Hause.«

Ich verabschiedete mich und versprach, dass ich die Kartons in den Keller tragen würde. Dann ging ich zu ihnen. Der, auf dem *Fotos und Erinnerungen* stand, zog vom Schrank aus meine Aufmerksamkeit auf sich. Das lag daran, dass *Fotos* darauf stand. Ich habe noch nie widerstehen können, mir eins anzusehen, egal wie gut verwahrt oder eingepackt es sein mochte. Ich konnte nicht anders, ich musste den Karton öffnen. Im Inneren fand ich Briefe, alte

Papiere und einen Stapel loser Fotos. Auf allen war ein großer Mann zu sehen, mit krausem, kastanienbraunem Haar wie meinem. Er war mir sehr ähnlich und sein Name war Luis, das konnte ich auf der Rückseite der Fotos lesen. Auf vielen war auch Antonia. Man sah sie zusammen: Arm in Arm, lachend mit Freunden oder allein in irgendeiner Ecke dieser Wohnung. Und während ich mir diese Bilder ansah, konnte ich verstehen, warum es ihr unangenehm gewesen war, als ich mehr über Luis hatte wissen wollen. Und damit war ich beschäftigt, in fremden Erinnerungen herumzuschnüffeln, als ich einen großen Umschlag auf dem Boden der Kiste fand.

Er war aus Papier und gewissenhaft zugeklebt, aber man konnte viele Briefe und noch mehr Fotos darin erahnen. Ich betrachtete ihn lange und versuchte, meine Neugier zurückzuhalten. Außen stand in großen, handschriftlichen Lettern *MARION*. Marion, eine Erinnerung, die ich laut las und die ich wieder zusammen mit den anderen Sachen verstaute. Ich öffnete den Umschlag nicht.

Ich nahm die Kisten, auf denen *Geschirr* und *Wichtige Papiere* stand, und trug sie hinunter in den Keller. Die anderen ließ ich im Schrank, um sie bei anderer Gelegenheit wegzubringen. Vielleicht würde ich sie mir später anschauen.

»Luis, ich bin es, Marion. Ich kann nicht mehr, ich haue hier sofort ab. In ein paar Tagen sehen wir uns.« Die Stimme auf dem Anrufbeantworter klang sehr schwach, überlagert von anderen Stimmen und Geräuschen, als ob der Anruf von einem weit entfernten Ort käme. Ich bemerkte auch, dass die Frau wirklich nicht mehr konnte. Ihre Stimme zitterte und ich konnte ganz deutlich am anderen Ende der Leitung ihr Schluchzen hören.

Ich dachte daran, Antonia zu fragen, ob sie diese Marion kenne, ob sie wisse, wo man sie finden könne, aber ich tat es nicht. Dann verspürte ich den Wunsch, den Umschlag in der Kiste, der ihren Namen trug, zu öffnen, aber als ich vor dem Schrank stand und den Umschlag in die Hand nahm, schaute ich ihn nur an und machte nicht weiter. Diese Nacht ging ich zu Bett, daran denkend, dass es keine Möglichkeit gab, dieser Frau mitzuteilen, dass ihr Freund Luis hier nicht mehr wohnte, dass er diese Wohnung und sicherlich auch das Land verlassen hatte. Ich dachte, dass vielleicht auch sie von weit herkam und dass es eine große Enttäuschung für sie sein würde, wenn sie hier ankäme und auf mich träfe. Mit diesen Gedanken schlief ich ein, aber am nächsten Morgen hatte ich sie schon wieder vergessen. Tage später tauchte sie mitten in der Nacht vor meiner Tür auf.

Es war ungefähr zwei Uhr. Ich machte gerade Abzüge in der Dunkelkammer, als ich die Klingel hörte. Ich sah sie zum ersten Mal durch den Spion meiner Tür: tiefe Augenringe, das Gesicht einer Kranken, eingefallen und blass. Ihr Haar war sehr kurz, steif vor Schmutz, ebenso wie ihre Kleider. Ich konnte sehen, wie sie zitterte, wie ihr Körper von Kälte oder Fieber geschüttelt wurde. Ihre Augen waren rot und geschwollen, kaum geöffnet, als ob es einen enormen Kraftaufwand für sie bedeutete, sich wach und aufrecht zu halten. Ich öffnete schnell, es schien mir, als fiele sie gleich in Ohnmacht.

»Luis«, flüsterte sie, während sie in meinen Armen zusammenbrach, die Koffer fallen ließ und das Bewusstsein verlor.

»Marion«, so erinnere ich mich, dachte ich. Das hier musste sie sein.

Eine tagelang auf meiner Matratze liegende Frau war nichts, was ich geplant hatte. Viel weniger noch, wenn man noch ihren dauernden Zustand der Bewusstlosigkeit hinzuzählte und die Empfehlungen des Arztes: sie nicht allein zu lassen, alles abzudunkeln und ihr bei jeder Gelegenheit ihr Medikament einzuflößen. Von einem Augenblick zum nächsten wurde ich zum Sklaven einer dürren und hässlichen Unbekannten, die der Diagnose des Arztes nach schwer krank war, auch wenn sie sich mit meiner Hilfe langsam erholen würde. Ich hatte nicht meine Frau verlassen, um mich nun um jemand anderes zu kümmern. Das war nicht die Idee gewesen. Nie! Marion, dort auf meiner gerade erst neu gekauften Matratze, hustete und verschmutzte meine Laken mit ihrem Erbrochenen. Das war kein guter Absatz, um etwas Neues zu beginnen. Kein guter Erzähler hätte sich so etwas für mich ausgedacht, da war ich mir sicher. In dieser Überzeugung durchwühlte ich jede einzelne Tasche der Jacken, Blusen, Hosen und Klamotten, die ich in Marions Koffer fand. Es musste doch etwas geben. Eine Adresse, einen Namen, irgendetwas, das mir helfen würde, sie an irgendeinen Ort zurückzuschicken, der nicht gerade meine Matratze oder meine Wohnung war, aber nichts. Marion war aus einer fremden Geschichte gekommen, um sich in meiner einzunisten, und es gab keine Spur von nichts.

Die ersten Tage versuchte ich, ruhig zu bleiben. Ich hoffte, dass alles schnell vorbei sein würde und so blieb ich zum Arbeiten in der Wohnung, um sie nicht allein zu lassen. Alle fünf Stunden brachte ich Marion ein Glas Milch mit ihrem Medikament und einen Teller Suppe, die sie mit einem Strohhalm trank. Sie öffnete dabei kaum die Augen. Wenn ich damit fertig war, stellte ich ihr den Nachttopf hin, den ich ihr kaufen musste, und wartete einen Moment draußen, um ihn dann holen zu gehen und ihn im Bad auszuleeren. Schwindel, den fühlte ich oft. Ich versuchte, mit ihr zu reden, ihr meine Situation zu erklären, aber Marion war nichts weiter als ein erbärmliches Bündel zwischen den Laken. Sie reagierte nicht. Ihre Augen, kaum geöffnet, waren leer, ihr Gesicht hatte keinen Ausdruck, auch nicht ihr Mund. Kein Wort kam über ihre Lippen, sie schlief nur. Sogar wenn sie wach war, schien sie zu schlafen.

Am dritten Tag wurde ich nervös. Die Arbeit, die in der Dunkelkammer zu entwickeln war, hatte sich erschöpft und ich musste in die Agentur gehen, um mehr Arbeit zu holen und Chemikalien kaufen. Wie sollte ich gehen? Wie sollte ich sie allein lassen? Es war an der Zeit, mein normales Leben wieder aufzunehmen, aber Marions Zustand ließ keine Änderung zu. Ich kaute mir alle Nägel ab. Ich rauchte ohne Unterlass, zwei ganze Schachteln: Ein Stummel erlosch, ich zündete die nächste Zigarette an, eine nach der anderen, ohne aufzuhören. Der Medizingeruch schlug mir auf den Magen, das Geräusch ihres Hustens auf mein Gemüt und die Vorstellung, weiterhin in meiner eigenen Wohnung in einem Schlafsack schlafen zu müssen, störte mich. Wie sollte ich Marion loswerden? Ich stellte mir vor, dass ich sie noch monatelang da haben würde, dass ich sie nur aus meiner Wohnung bekäme, wenn ich sie in ein Krankenhaus bringen würde oder etwas in der Art. Aber mein Haushaltsbudget war nicht auf so etwas vorbereitet. Was sollte ich also tun? An jenem Abend blieb ich sehr lange bei ihr, versuchte jedes Mal, mit ihr zu reden, wenn sie ein Lebenszeichen von sich gab. Ich schüttelte ihre Laken auf, klopfte ihr leicht auf die Wangen, ich zog sie ein wenig am Haar, spritzte ihr Wasser ins Gesicht, aber sie reagierte nicht. Sie schaute mich nur mit diesen leeren Augen an, der Welt völlig entrückt.

Am nächsten Tag hielt ich es nicht mehr aus und ging raus auf die Straße. Es war nicht wichtig, ob ich mich mit dem Medikament um zehn verspätete, mit der Tablette um zwölf oder dem Hustensaft um eins. Es war egal, ob sie einen Hustenanfall bekam, einen Nervenzusammenbruch oder ob sie am Ende dort auf meiner Matratze verwesen würde. Ich wollte mich ein wenig ablenken, ihr Gesicht und den Geruch nach Tod und Verwesung für einen Augenblick vergessen.

Ich ging ein paar Meter, trat in das Café an der Ecke ein und bestellte ein Frühstück, das ich so lange wie nur möglich andauern ließ. Ich wollte nicht in der Wohnung sein. Wenn ich aus dem Fenster des Lokals blickte, konnte ich sie erspähen, meine Wohnung, die Marions, in jenem Moment. Ich setzte mich woanders hin. Es war schwierig, mir diese Kranke aus dem Kopf zu schlagen, aber als ich es mir auf einem Stuhl weit entfernt von jenem Fenster bequem machte, kam eine Frau herein und setzte sich an die Theke. Sie riss mich für eine Sekunde aus allem heraus. Sie war jung und trug ein weites Kleid. Ihre Hände waren leer. Ich konnte sie eine ganze Weile genau beobachten. Ihr Gesicht war lebendig, ohne diese dunklen, fast bläulichen Ringe, die Marions Augen rahmten. Ihr Haar war lang und fiel ihr über die Schultern, es reichte ihr bis zur Taille. Sie bestellte einen Milchkaffee und trank ihn in einem Zug aus; schnell, als ob sie in Eile wäre, als ob jemand irgendwo auf sie wartete. Dann bezahlte sie mit einem Schein, den sie aus ihrer Tasche gezogen hatte und stand auf. Ich dachte, dass sie nun zu ihrer vermutlichen Verabredung eilen würde, aber nein. Sie ging zu dem Klavier, das an der Wand stand und dort setzte sie sich auf einen Schemel. Ich war ihr nun ganz nah. Ich sah, wie sie ihre Beine kreuzte und wie sie mit einer Fußbewegung ihren Schuh auszog. Dann legte sie ihre langen Finger auf die Tasten und begann, eine sanfte Melodie zu spielen, die uns alle zwang, sie anzusehen. Für eine Sekunde hörte sie auf, gehetzt zu wirken. Ohne Zweifel war sie ein gutes Motiv für meine Kamera. Am Klavier sitzend, sanft spielend, das sah so gut aus. Vielleicht konnte ich ja ein paar Fotos von ihr machen. Ich stand auf und ging zur Kasse, um zu bezahlen und um es ihr dann vorzuschlagen. Aber als ich zum Klavier blickte, war sie nicht mehr da. In irgendeinem Augenblick musste sie aufgehört haben zu spielen und ich hatte es nicht einmal bemerkt. Ich ging nach draußen und entdeckte sie in der Ferne. Sie ging auf dem Bürgersteig, auf derselben Seite des Cafés, sicheren Schrittes geradeaus, ohne die Straße überquert zu haben. Ich überlegte, ihr zu folgen. Es war mir egal, dass ich mich von der Wohnung und Marion entfernte. Ihre Beine waren so voller Leben, bewegten sich flink, ihre Hüfte wiegte sich bei jedem Schritt. Ihr Körper war schlank, aber ohne die knochigen und eckigen Dimensionen zu erreichen, die ich täglich auf der Matratze in meiner Wohnung zu Gesicht bekam. Ich dachte daran, sie zu überholen, daran, wie ich das anstellen könnte, ohne zu dreist zu wirken. Aber als sie nur noch einige Meter von mir entfernt war, ich mich endlich entschlossen hatte, sie anzusprechen und mein Geist schließlich nur noch Frau-Klavier-Foto war, blieb sie genau in der Mitte des Straßenabschnitts stehen und betrat das Gebäude, in dem ich wohnte.

Mein Gebäude. Da war es wieder: der Eingang, der Zaun, die losen Pflastersteine. Die lebensrettende Frau brachte mich zurück in dieses dunkle Loch. Ich blieb wie angewurzelt stehen, ich konnte nicht weitergehen. Marion. Im vierten Stock, Marion. Ich blieb vor der Tür mit dem Gefühl stehen, einen Schlag mitten ins Gesicht bekommen zu haben. Alles nur ein gewaltiger Schwindel. Eine Weile betrachtete ich die Fassade und überzeugte mich davon, dass es keine andere Wahl mehr gab, keinen Zufluchtsort: Jemand hatte sich diese schlechte Geschichte für mich ausgedacht und ich konnte nichts tun. Ich musste hinaufgehen und dort oben bleiben. Marion war mein Gast und ich durfte kein schlechter Gastgeber sein.

Nächte später geschah, was ich erhofft hatte. Es war nicht sonderlich spät, aber ich war müde und kurz davor einzuschlafen. Ich wollte gerne etwas träumen, irgendetwas. Normalerweise wache ich auch besser auf, wenn ich geträumt habe – mit dem Gefühl zurückzukehren, woanders gewesen zu sein.

»Luis.«

Marion sprach und ich wusste nicht, ob ich wach war oder schon schlief.

»Luis«, rief sie erneut und begann, so stark zu husten, dass ich wusste, dass es kein Traum war, dass es sich tatsächlich um sie handelte, die mich rief, oder den, den sie glaubte um sich zu haben.

In weniger als einer Sekunde war ich in ihrem Zimmer. Marion hatte endlich das Bewusstsein erlangt, das war meine Gelegenheit, mit ihr zu reden und nicht mehr verpflichtet zu sein, noch länger einfach über sie hinwegzusehen. Ich würde ihr sagen, dass ich nicht Luis bin und dass sie, krank oder gesund, meine Wohnung verlassen müsse. Es tut mir leid, Marion, diese Situation ist unerträglich. Ich weiß weder, wer du bist, noch woher du kommst. Du wirst verstehen, dass ich mich nicht um dich kümmern kann, ich habe weder das Geld noch die Zeit oder die Verpflichtung dazu. Du musst noch heute gehen. Ich war entschlossen, bestimmt mit ihr zu reden und so stand ich auf der Schwelle ihrer Tür. Endlich würde ich sie loswerden.

»Marion ...«

Das Licht fiel schwach vom Flur her auf ihr Bett, beleuchtete sanft ihr Gesicht im Dunkeln. Ich konnte ihre Augen sehen. Sie waren geöffnet, wirklich geöffnet. Sie sahen anders aus, sie leuchteten in der Dunkelheit und sie konnten mich sehen, sie starrten nicht ins Leere.

»Marion ...«

Ich hatte den Blick fest auf ihre Augen gerichtet. Sie setzte sich vorsichtig im Bett auf, blickte mir ins Gesicht und lächelte zum ersten Mal. Marions Augen!

»Komm her«, hörte ich ihre schwache Stimme sagen.

Ich ließ mich von dem Lichtreflex ihrer Pupillen leiten, von ihrem Blick betören und setzte mich wie ein Blinder auf das Bett. Ich ließ es zu, dass sie mit ihren knochigen Fingern meine Hand nahm.

»Luis.«

Sie führte langsam meine Hand zu ihrem Mund und küsste meine Finger mit ihren kalten Lippen.

»So lange ist es her, nicht wahr?«

Marion betrachtete mich eine Weile und trotz des fahlen Lichts konnte ich mich in ihren geweiteten Pupillen sehen. Mein Gesicht war in ihre Augen eingebrannt, spiegelte sich in ihrem Blick. Dann begann sie, wieder zu husten und mein tölpelhaft dreinblickendes Gesicht gewann wieder ein wenig Klarheit zurück, um ihr zu helfen und ihr ihre Medizin zu geben. Marion hustete, als ob ihr Hals schon vor langer Zeit verwundet worden wäre. Wenn der Schmerz einen Ton hat, dann muss er sich so anhören: wie Marions Hustenanfall.

»Besser, du sprichst nicht, Marion. Schlaf! Morgen reden wir.«

Von der Tür aus sah ich erneut ihre Augen, bevor ich das Licht im Flur löschte. Ich ging ins andere Zimmer, während ihr Husten immer leiser wurde.

»Gute Nacht, Luis«, hörte ich nach einer Weile.

»Gute Nacht, Marion«, antwortete ich.

Ich schlief tief bis zum nächsten Morgen.

Bevor ich Marion kennenlernte, hat mir Blut immer gefallen. Ein Tropfen roten Blutes auf einem weißen Untergrund kann zu einer großartigen Fotografie werden. Ich habe viele Versuche mit Lack, Ölfarbe, Tempera gemacht, aber nichts übertrifft hinsichtlich Textur und Glanz das Blut. Insbesondere, wenn es ein dicker Tropfen Blut ist, eine gute Menge, bereit zu gerinnen. Sicherlich ist es nicht dasselbe, wenn es schon trocken ist. Ein getrockneter Blutstropfen auf weißem Untergrund wird kaffeefarben, undurchsichtig, verliert seine ursprüngliche Konsistenz, ist ein Tropfen toten Blutes. Aber das wusste ich nicht. Ich entdeckte das erst auf Marions Betttüchern. Sie hustete und ein Sprühregen roter Punkte ergoss sich über den weißen Stoff und trocknete sofort. Die Bettwäsche war voller leblosen Blutes. In der Nacht nach unserer ersten Unterhaltung wurde ich mir dessen das erste Mal bewusst.

Sie schlief fest. Ich wollte ihren Schlaf nutzen und ihre fleckigen Laken wechseln. Ich nahm die Decken und ließ sie am Fuß des Bettes liegen. Marion lag friedlich auf der Matratze und regte sich nicht. Ich konnte ihren schlanken, knochigen Körper sehen. Ich nahm sie ohne Schwierigkeiten hoch und trug sie zum Sessel, darauf achtend, dass sie nicht aufwachte. Dann kehrte ich mit sauberer Bettwäsche zurück und wechselte die gebrauchten Laken. Große Flecken und andere kleinere, bestehend aus vielen roten Punkten, kamen zum Vorschein. Entgleiste Figuren, Bilder ohne Logik, bunte und vertrocknete Gewächse, auf diese weiße Leinwand gedruckt. Bevor ich die Laken zur schmutzigen Wäsche gab, breitete ich sie auf dem Boden aus und machte ein paar Fotos. Als ich damit fertig war, hörte ich Marion vom Sessel aus husten. Schnell ging ich sie holen, legte sie wieder ins Bett und deckte sie gut zu. Ich ließ ein kleines Licht brennen, falls sie aufwachen würde. Dann schaute ich sie an und stellte fest, dass sie nicht schlief, sondern versuchte, mich im Dunkeln zu sehen.

»Danke, Luis.«

Ich konnte ihre Augen sehen, wie sie mich in der Finsternis suchten, Marions Augen.

»Könntest du mir noch einen Gefallen tun? Ein bisschen Musik von der, die dir so gut gefällt.«

Marion bat mich darum und ich ging ohne nachzudenken in die Dunkelkammer. Ich öffnete den Wandschrank und sah die Kiste, auf der *Zeitschriften und Schallplatten* stand.

Ich nahm eine beliebige und legte sie auf den Plattenspieler. Eine Trompete begann, sanft zu spielen, begleitet von einem Klavier. Es war Jazz. Ich war nie ein großer Jazzliebhaber gewesen, aber seither habe ich nicht mehr aufgehört, ihn zu hören. Die Musik gefiel mir sehr und Marion auch. Als ich ins Zimmer zurückkehrte, lächelte sie mit geschlossenen Augen.

»Danke, Luis.«

Einen Augenblick später stand ich in der Dunkelkammer und machte Abzüge der letzten Filmrolle. Die letzten drei zeigten Marions Bettlaken. In diesem Moment, als ich die Bilder betrachtete, entdeckte ich, dass trockenes Blut totes Blut ist. Draußen spielten die Trompete und das Klavier weiter. Mir gefiel diese Musik, sie gefiel mir wirklich.

Der Arzt sagte, dass ich mir wegen Marions Blut keine Sorgen machen solle. »Das ist normal. Du brauchst ihr nur ihr Medikament zu geben«, sagte er. Aber diese Tabletten linderten nicht ihr Husten und Bluten. Ganz im Gegenteil, jeden Tag wurden die roten Tropfen auf den Laken größer und verwandelten sich zu dicken Gerinnseln, die aus ihrem Hals kamen. Wenn sie wach war, spuckte sie sie in eine Schüssel neben dem Bett und ich brachte sie dann ins Bad. Wenn sie schlief, tropfte das Blut auf den Kissenbezug und dort trocknete es, bis ich es entdeckte und entfernte. Marion hustete und spuckte die kirschfarbenen Larven aus, sie raubte mir den Schlaf und den Appetit. Nachts hörte ich sie und dachte, dass sie an ihrem eigenen Blut ersticken könnte, weshalb ich mich entschloss, in meinem Schlafsack neben ihr zu schlafen. Ich schlief kaum. Ich wartete, dass jeden Augenblick der Husten käme. Und er kam: Marion schüttelte sich, hielt sich den Hals, blieb lange Zeit so, bis der Brocken aus ihrem Mund kam und sie wieder in Ruhe ließ. Dann schüttete ich den Inhalt aus dem Gefäß in die Kloschüssel. Und so ging es viele Nächte lang. So viel Blut. Marion hörte auf, schlank zu sein und verwandelte sich in ein Skelett. Ich sah zu, wie sie sich einen Tag um den anderen verwandelte, ohne dass meine Bemühungen, sie zu ernähren, etwas nützten. Sie verging zwischen diesen befleckten Laken, blutete jeden Tag mehr aus. Ich hörte schließlich ganz auf, zur Arbeit zu gehen. Wenn sie anriefen, legte ich oft auf. Ich wollte nichts erklären, ich wollte nur bei Marion sein, sie pflegen, aus ihr wieder das machen, was ich zumindest glaubte, dass sie das einmal gewesen war. Ich stellte sie mir gesund vor, mit rosigen Wangen, ihren ganzen Körper. Ich vermutete, dass diese Beine einmal schön gewesen waren, denn auch so, dünn und knochig, waren sie es noch. Ich wünschte mir, dass Marion wieder eine Frau sein würde. Ich wollte ihre vollen Brüste sehen, ihre straffen Schenkel.

Eines Morgens bat sie mich darum, dass ich ihr erzählte, wie es mir ergangen war.

»Was hast du gemacht seit dem letzten Mal? Erzähle!«

Ich stand auf und ging erneut zum Wandschrank in der Dunkelkammer. Ich kehrte mit allen Fotos von Luis zurück, legte sie aufs Bett und ließ Marion sie sich im Halbdunkel des Zimmers ansehen, oder versuchen anzusehen.

»All das hier habe ich gemacht.«

Ich setzte mich an ihre Seite, während sie die Fotos mit Mühe hochnahm und sie sich nah ans Gesicht hielt, um sie besser betrachten zu können. Marion lächelte und hielt sich lange bei jedem einzelnen Foto auf. Sie erkannte Orte und Menschen und ich nickte bei jedem einzelnen ihrer Kommentare.

»Wer ist sie hier?«

Sie hatte schon einige Fotos von Luis und Antonia gesehen. Das, welches sie sich jetzt ansah, hatten sie in dieser Wohnung aufgenommen, in eben diesem Zimmer, in dem wir uns gerade befanden.

»Es ist eine Nachbarin. Sie heißt Antonia.«

»Sie ist hübsch. Seid ihr Freunde?«

»Ja.«

»Wie gut?«

Ich dachte einen Moment lang über eine Antwort nach.

»Wenn ich eines Tages von hier wegginge, dann wäre sie es, der ich die Verantwortung für meine Sachen übertragen würde.«

Marion sah sich Antonias Foto noch eine ganze Weile an. Als sie damit fertig war, fragte sie mich, ob sie ein paar behalten dürfe. »Aber sicher«, sagte ich ihr und klebte welche für sie an die Wand. Danach begann sie zu husten. Es war ein sanfter Husten, es schmerzte nicht, ihn zu hören.

»Du warst schon immer fotogen«, sagte sie zu mir mit der Hand auf dem Hals.

Ich ging aus dem Zimmer und brachte die übrigen Fotos in die Dunkelkammer. Marion hustete noch immer von ihrem Bett aus.

An dem Abend, an dem ich mich entschloss, bei Marion zu schlafen, kam mich Antonia besuchen. Es war fast neun Uhr und ich war gerade dabei, eine Lebersuppe zuzubereiten. Ich hatte einmal gehört, dass Leber gut sei, um den Körper und das Blut zu stärken, dass sie viele Vitamine habe. Ich hatte sie gekocht und in diesem Moment pürierte ich sie, dann goss ich sie in die Brühe. Ich hoffte, dass Marion die Suppe guttäte, dass sie mehr erreichte als meine anderen Versuche mit Hühnerfleisch, Kräutern und ähnlichen Rezepten. Ich goss die Suppe in eine Schale und Antonia läutete, als ich gerade mit dem Tablett loslief. Ich betrachtete sie durch den Türspion und dachte daran, nicht zu öffnen. Ich wollte Marion zu essen geben, aber ich hatte eine Platte aufgelegt und die Musik spielte so laut, dass es unmöglich war, so zu tun, als wäre niemand zu Hause.

»Das ist eine Platte von Luis, oder?«

Antonia trat ein und folgte der Musik. Ich lächelte und zuckte mit den Achseln bei ihrer Frage.

»Keine Sorge. Besser, es hört sie jemand an, als dass sie da unten im Keller herumliegen.«

»Mir hat Jazz schon immer gefallen«, log ich.

»Mir auch. Ich konnte nicht umhin, die Musik unten in meiner Wohnung zu hören und ich wollte hochkommen, um sie besser zu hören. Macht es dir etwas aus, wenn ich mich einen Moment setze?«

Ich weiß nicht, was ich wohl geantwortet haben mochte, jedenfalls endete Antonia am Tisch sitzend, der Musik mit geschlossenen Augen lauschend. Ich betrachtete sie einen Moment, ihre Haare waren länger geworden.

»Als Luis wegging, habe ich mir geschworen, niemals mehr diese Platten zu hören.«

Im Zimmer nebenan schlief Marion, daran dachte ich. Draußen lauschte Antonia gemeinsam mit mir den Trompeten neben der Suppe, die kalt wurde.

»Suppe?«, fragte sie mich, die Melodie trällernd.
»Leber.«
»Leber?«
»Ich habe genug, willst du ein wenig?«

Antonia schüttelte den Kopf und bestand darauf, dass ich sie esse, damit sie nicht kalt würde. Ich setzte mich und begann, einen Teller Suppe zu löffeln, der nicht für mich gedacht war.

»Ich dachte, dass du mal die Wände anstreichen würdest, dass du irgendetwas verändern würdest«, sagte Antonia und blickte sich um, »es ist ja noch alles wie vorher.«

»Es gefällt mir so.«

Die Musik spielte schnell. Marion gefiel diese Platte besonders gut und ich legte sie öfter auf als die anderen. Auch Antonia schien sie zu gefallen, sie trällerte die Noten, als ob sie sie auswendig kannte. Als das Thema zu Ende war, sang sie den Schluss gemeinsam mit den Trompeten und dann verstummte sie. Alles war still. Antonia schloss die Augen, als ob eine Erinnerung aus alten Zeiten mit dem Klang des Jazz zurückgekehrt wäre.

»Luis!«, Marions Stimme tönte schwach aus dem Zimmer.

Antonia blickte mich plötzlich an. Ich senkte den Löffel, den ich gerade zu meinen Lippen geführt hatte.

»Luis«, hörte man erneut.

Antonia starrte mich an, sie verstand nicht, was zum Teufel hier los war. Die Nadel des Plattenspielers stieß mit der Spitze an und begann, am Etikett der Platte zu schaben.

»Dreh die Platte um, Luis«, bat Marion und hustete ein wenig, »bitte!«

Antonia hörte nach langer Zeit endlich auf, mich anzustarren und hob dann die Nadel vom Papier.

»Danke«, sagte ich, »das ist so schlecht für die Nadel. Mir sind schon viele Nadeln deshalb kaputtgegangen.«

Die Musik klang erneut durch die Lautsprecher, nachdem Antonia die Platte umgedreht hatte. Diesmal war sie sanfter, man hörte die Becken eines Schlagzeugs und ein Saxofon. Antonia drehte die Lautstärke runter und ohne mich um Erlaubnis zu fragen, ja ohne mich anzublicken, durchschritt sie den Flur und ging in Marions Zimmer. Ich stellte den Teller beiseite und folgte ihr.

»Mir gefällt diese Platte so gut«, sagte Marion schwach, als Antonia in ihrem Zimmer auftauchte, »Danke, dass du sie umgedreht hast.«

Antonia sah die im Halbdunkel auf dem Bett liegende Gestalt. Sie blickte auf die Schüssel und die blutverschmierten Laken.

»Antonia! Luis hat mir von dir erzählt. Er vertraut dir sehr. Er sagte, wenn er eines Tages von hier weggehen würde, würde er dir die Verantwortung für seine Sachen übertragen.«

Antonia blickte mich stumm an, sie sagte nichts, beobachtete nur alles um sich herum. Die Fotos von Luis bedeckten die ganze Wand. Antonia schwieg, sah sich alles an und kaute am Nagel ihres Zeigefingers. Marion, im Bett, schloss ihre Augen und mit der Hand begann sie, ganz sanft, dem Rhythmus der Musik zu folgen. Antonia hielt ihre Augen auf sie gerichtet, auf ihre blasse und schlanke Hand, die auf die Bettdecke klopfte.

»Mir gefällt diese Platte auch sehr«, durchbrach Antonia die Stille.

Marion öffnete erneut die Augen und lächelte. Antonia setzte sich an ihre Seite und begann, ihre Handflächen über das Bett zu bewegen, ebenfalls dem Rhythmus folgend. Die beiden so zu sehen, wie sie sich anschauten und gleichzeitig auf den weißen Stoff klopften, ließ mich den Wunsch verspüren, noch ein wenig Suppe zu holen.

»Ich bin draußen. Wenn ihr was braucht, ruft mich.«

Aber sie riefen mich nicht, sie sahen mich kaum an, als ich aus dem Zimmer ging. Ich setzte mich an den Tisch und löffelte den Suppenteller aus, während ich beiden beim Reden zuhörte. Ich verstand nicht, was sie sagten, ich hörte nur Stimmen und ab und an sogar ein Lachen. Marion lachte sanft und das war gut, es gefiel mir, sie so zu hören. Ich drehte die Platte noch mehrmals um, nahm noch zwei, drei Teller Lebersuppe und hörte ihrem Murmeln zu. Nach einer Weile schlief ich am Tisch ein. Ich wachte erst auf, als die Nadel wieder anschlug und Marion mich wieder aus ihrem Zimmer rief.

»Luis!«

Ich erhob mich und ging zu ihr. Antonia und Marion lagen auf dem Bett und die Fotos, die zuvor an der Wand geklebt hatten, lagen überall zerstreut zwischen den Laken. Marion schaute mich lächelnd an und ihre Lippen leuchteten rosig, genauso wie ihre Wangen.

»Es gibt etwas, das du nicht getan hast«, ihre Stimme klang gefestigt. »In all der Zeit, seit ich hier bin, hast du nicht dein Lieblingsstück gespielt.«

Marion sagte das und ich spürte den Geschmack von gekochter Leber in meinem Mund.

»Bitte, leg es auf, damit Antonia es hört.«

Ein paar Sekunden lang blieb ich stehen, ohne etwas zu sagen oder zu tun, reglos, dem Geschmack der Suppe nachspürend, der mir noch am Gaumen klebte. Antonia blickte mich stumm an. Ich merkte, wie ihre Augen mein Gesicht abtasteten. Dann stand sie auf und ging zur Türschwelle.

»Ich werde es auflegen«, sagte sie und ging zum Plattenspieler. Dem störenden Geräusch der Nadel auf Papier folgte eine traurige Melodie, ein Saxofonsolo.

»Erinnerst du dich?«, fragte mich Marion. Ich nickte und erahnte Erinnerungen, die nicht die meinen waren.

Antonia erschien, näherte sich dem Bett und gab Marion einen Kuss.

»Ich muss gehen, es ist spät. Meine Tochter ist allein.«

Antonia schaute mir lange ins Gesicht, bevor sie ging. Mit ihrem Zeigefinger berührte sie meine Stirn, meine Nase, meinen Mund.

»Du siehst jemandem, den ich kannte, sehr ähnlich. Ich glaube, das habe ich dir schon gesagt.«

Marion streckte sich in ihrem Bett. Der Klang des Saxofons schien sie bei jeder Bewegung zu begleiten. Die Betttücher glitten sanft durch ihre Hände und folgten dem Rhythmus der Musik im Halbdunkel. Sie lächelte mit rosigen Lippen, mit glühenden Wangen und schloss ihre Augen, mir Gute Nacht sagend. Sie sah gut aus, friedlich. Ich verspürte den Impuls, mich zu nähern und ihre Stirn zu küssen, aber ich tat es nicht. Ich hätte auch ihre Lippen geküsst. Aber das tat ich auch nicht.

In jener Nacht, während die Platte spielte und ich ihr beim Schlafen zusah, entschloss ich mich, meinen Schlafsack aus dem Zimmer zu holen und ihren Schlaf zu bewachen. Ich hatte Angst, sie könne ersticken, aber ich wollte sie auch schlafen sehen. Später, noch in derselben Nacht, hustete sie, wie sie schon lange nicht mehr gehustet hatte. Sie weinte sogar vor Schmerzen, während ihre Hände ihren Hals hielten. Ein roter Brocken kam endlich nach langem Husten aus ihrem Mund. Ihre Wangen erblassten wieder und ihre Lippen auch. Niemals mehr sah ich sie wie in jener Nacht. Zwei Wochen später starb Marion, ohne dass ich etwas hätte tun können.

Antonia denkt, dass es besser sei, Marions Sachen in den Keller zu bringen. Ich habe sie in eine große Kiste gepackt und Antonia hat mit Druckbuchstaben *Marion* darauf geschrieben. Die Fotos, die ihr Blut auf den Laken nachzeichnen, verschloss ich in einem Umschlag und bewahrte sie in Luis' Kiste auf, in der, auf der *Fotos und Erinnerungen* steht.

»Du brauchst dich um nichts zu kümmern«, sagt mir Antonia, während sie die Kisten ansieht, »ich bringe sie später in den Keller.«

Antonia geht in die Küche. Ich sehe sie durch die Tür verschwinden und nutze die Gelegenheit, um eine Platte aus der Kiste zu holen, die wir wieder zusammengepackt haben. Ich verstecke sie in meiner Tasche, bevor Antonia zurückkommt.

»Es ist immer gut anzustoßen, um sich zu verabschieden«, sagt Antonia mit zwei Weingläsern in den Händen.

Ich möchte nicht anstoßen, aber ihr zuliebe tue ich es. Wir stoßen unsere Gläser aneinander und wir wünschen uns Glück und solche Sachen.

»Mir gefallen Abschiede nicht«, sagt sie.

Antonia schaut mein Gesicht schweigend an, betrachtet jeden Winkel, aber ich weiß, dass nicht ich es bin, den sie sieht.

Ich vermute, dass ich jetzt gehen muss, hinuntergehen und an irgendeinen anderen Ort laufen muss, aber ich weiß nicht, wohin ich gehen soll. Ich glaube, ich bin die Figur einer Erzählung. Ich hoffe, dass nun etwas geschehen wird, dass mich irgendein Zeichen leiten und meine Schritte lenken wird. Ich gehe, ohne mich zu verabschieden, ohne *adiós* zu sagen. Als die Tür sich schließt, sehe ich den Spion unter der Wohnungsnummer. Ich kann mich selbst in der Spiegelung erahnen, Teile meines Gesichts. Ich nähere die Linse der Kamera und fokussiere, was ich von mir in diesem Kreis sehe. Auge gegen Auge, Gesicht gegen Gesicht. Ich verzerre mich in dem Glas. Ich bin nicht ich. Ich lege den Finger auf den Auslöser, als ob ich ein Foto machen wollte, eine Sicherheit über dieses neue Gesicht festhalten wollte, das ich nun mitnehme. Aber ich tue es nicht. Ich denke nur an die Schallplatte in meiner Tasche. Später werde ich sie hören. So hoffe ich.

Blanca

Für Blanca

Bevor sie starb, besuchte Blanca mich in meinen Träumen. Plötzlich stand sie vor meiner Wohnungstür, hier in Barcelona, und fragte mich, warum wir denn nicht den 18. April feierten. »Sag mal, Kind«, sagte sie, »warum feiern wir nicht den 18. April?« Ich sagte nein: »Nein, Blanca, es ist nicht der 18. April, den wir feiern, es ist der 18. September.« Von irgendwoher tauchte ein Taschentuch auf und ich begann, um sie herumzutänzeln. Blanca musste über meine spontan gesteppte *cueca* lachen und zwischen ihren Lachanfällen wiederholte sie: »Doch, Mädchen, es ist der 18. April, der 18. April.« Um Mitternacht wachte ich auf, mein Magen drückte und ihre Stimme hallte noch in meinem Kopf. Das passierte mir immer, wenn ich viel an Blanca dachte. Ich setzte mich im Bett auf und spürte, dass ich sie anrufen sollte. Ich wusste nicht, wie spät es war, ich dachte nicht darüber nach, ob sie wach sein oder schlafen würde, ich nahm einfach das Telefon und rief in Chile an.

»Es geht mir gut«, sagte sie zu mir. Sie schaue gerade die Komödie.

Ich hatte nie verstanden, warum sie nicht Fernsehserie sagen konnte, wie alle anderen auch.

»Sag mal«, fragte ich, »was passiert am 18. April?«

Blanca schwieg, als ob sie darüber nachdachte, was in drei Teufels Namen an diesem Tag sein könnte.

»Ob es wohl mein Geburtstag ist?«, fragte sie.
»Nein.«
»Deiner?«
»Nein.«
»Mein Namenstag?«
Ich erinnerte mich nie gut an ihren Namenstag, aber im April war er nicht, da war ich mir sicher.
»Kann sein«, log ich.
»Ja?«
»Du hast recht, ich glaube, es ist dein Namenstag.«
Sie sagte, dass sie es sich aufschreiben werde, damit sie es nicht vergesse und dann sprachen wir vom Fußball, von dem sie wie besessen war, und von einem Krimi, den sie las.
»Ich rufe dich zu deinem Namenstag wieder an«, sagte ich nach einer Weile.
»Aber bis dahin ist es noch so lange hin!«
»Nur ein paar Monate«, ich verabschiedete mich und legte auf, mit entspannterem Bauch, bereit weiterzuschlafen.
»18. April: Santa Blanca«, notierte ich in meinem Telefonbüchlein, so, in Anführungszeichen, als ob ich nicht auf mich selbst hereinfallen wollte, wenn der Tag käme. Aber es kam der 18. und weitere 18., ohne dass ich anrief oder schrieb. Jetzt, wenn ich daran denke, dann drückt es wieder ein wenig in der Magengegend.

»Deine Großmutter ist gestorben«, hörte ich meine Mutter am Telefon sagen. Der Monat August war im Flug vergangen und erst da erinnerte ich mich wieder an die ganze Geschichte mit dem Namenstag. Ich sah das Büchlein neben dem Telefon, die beschriebene erste Seite, die Worte in Anführungszeichen mit ihrem Namen dazwischen.

»Geht es dir gut?«, fragte meine Mutter.

»Ich fliege sofort zu euch.«

Es ist nicht schwer, im Monat August nach Santiago zu reisen. Ich fand noch am selben Tag einen Flug und obwohl der Flieger erst spät ging, entschloss ich mich, so früh wie möglich zum Flughafen zu fahren. Ich nahm einen kleinen Koffer, warf ein paar Kleidungsstücke hinein, ein Buch und meine Papiere. Ich rief Josep an, erzählte ihm alles und wir verabredeten uns im Büro der Fluggesellschaft.

»Dort ist Winter«, sagte er, als er mich sah, »du hast ja nichts an, du wirst frieren«, und gab mir seine Jacke.

»Es ist Jahre her, dass ich einen Winter dort verbracht habe, fünf Jahre.«

Im Flugzeug aß ich nichts. Ich fühlte mich seltsam, nicht etwa aufgrund von Schwindel oder Übelkeit, einfach seltsam. Vom Start bis zu dem Zeitpunkt, an dem wir die Anden überflogen, hatte ich das Gefühl, in der Zeit zurückzureisen. Eine kleine Wahrheit steckt schon darin: Beim Überqueren des Ozeans werden die Stunden immer weniger. Ich dachte schon immer, dass man in Santiago die Dinge mit Verspätung erlebte, genau mit sechs, fünf oder vier Stunden Verspätung, je nach Jahreszeit. Wenn bei mir der Morgen graute, dann war Santiago gerade erst schlafen gegangen. Während des Flugs dachte ich darüber nach. Ich hatte das Gefühl, mit dem Moment des abhebenden Flugzeugs eine Zeitreise anzutreten. Es würde landen und alles wäre genauso wie vor fünf Jahren. Nichts wäre geschehen, nie wäre ich von dort fortgegangen. Es wurde schlimmer, als ich die Anden passierte und von dort oben meine Stadt sehen konnte, in eine einzige Nebelwolke verwandelt. Sie sah noch genauso aus wie damals: grau, verwaschen, wie eine schlechte Postkarte aus den sechziger Jahren. Dass Blanca tot war, war der einzige Hinweis darauf, dass die Dinge sich sehr wohl geändert hatten. Es war kalt, dessen war ich mir sicher, das konnte man vom Fenster aus sehen. Blanca lag dort unten irgendwo in einem Sarg. Auch das war sicher.

Es regnete in Strömen, als wir Blanca beerdigten. Ich stand da, in der Mitte des Friedhofs, und sah zu, wie der Sarg in die Erde gelassen wurde, sah, wie er den Grund berührte und mit Erde bedeckt wurde. Erst dann öffnete ich meinen Regenschirm und schützte mich vor dem Regenguss. Ich war völlig durchnässt. Als wir nach Hause kamen, machten wir den Ofen an und kochten Kaffee. Blanca liebte den Geruch, trank aber nie welchen. »Ein Kaffeedüftchen«, sagte sie immer und schloss die Augen, als ob sie gerade eine heiße Tasse davon trinken würde. Wir tranken zwei, drei, vier große Tassen. Das Haus füllte sich mit dem Aroma, aber Blanca konnte es nicht mehr riechen.

»Was ist?«, fragte ich meine Mutter.

Wir waren in der Küche und saßen uns gegenüber. Seit wir angekommen waren, beobachtete sie mich aufmerksam. Sie ließ mich sprechen, ohne zu unterbrechen, blieb stumm, mit ihrem Kaffeebecher in der Hand und ihrem Blick starr auf mich gerichtet.

»Mama«, sagte ich zu ihr und schüttelte sie am Ellbogen.

Sie blinzelte kurz und nahm einen großen Schluck ihres Kaffees.

»Jeden Tag wirst du ihr ähnlicher«, sagte sie.

Danach hörte sie damit auf, mich durchweg anzuschauen. Ohne ihre Tasse leer zu trinken, sprang sie abrupt auf, ein wenig verstört, und ging zum Spülbecken. Sie schüttete den restlichen Kaffee weg, öffnete den Wasserhahn und begann, schweigend das Geschirr zu spülen, ungefähr zwanzig Minuten lang. Ich sah ihr dabei zu, wie sie es bearbeitete, es wendete und mit Spülmittel abschrubbte.

»Geh schlafen, du hast dich nicht ausgeruht, seit du angekommen bist!«

Das sagte sie, den Blick starr auf den Schaum gerichtet. Ich dachte, dass sie recht hatte, gab ihr einen Kuss auf die Stirn und ging in den kleinen Raum, der mein Zimmer gewesen war. Meine Mutter spülte weiter. Sie spülte eine ganze Weile, ich konnte noch sehr lange das Geräusch des Wassers hören.

Es war unmöglich zu schlafen. Die Stunden waren völlig durcheinandergeraten. Dort drüben, in meiner Wohnung, müsste ich jetzt gerade aufstehen, während Josep sich duschen und die Kaffeemaschine durchlaufen würde. Auf der anderen Seite, hier in diesem Zimmer, wogen zu viel Kaffee und zu viel Regen mehr als jede Müdigkeit. Ich hörte die Regentropfen auf das Dach fallen, auf dem Zinkblech zerschellen, in die Regenrinnen laufen. Regen hört sich unter dem Dach eines Hauses anders an, näher, fast schon, als träfe er mich am Kopf, als ob er auf den Boden, auf meine Füße prasseln würde. In einem großen Gebäude hingegen ist er fern, man sieht ihn nur durch das Fenster. Es schien mir unmöglich zu denken, dass jemand bei solch einem Wetter schlafen könnte. Ein ganzes Orchester schlug auf das Dach. Ich nahm das Telefon und rief Josep an. Er kam gerade aus der Dusche, dort drüben war es Morgen.

»Es regnet«, sagte ich zu ihm, »der Regen ist anders als der bei uns. Das hatte ich vergessen.«
»Geht es dir gut?«
»Hier regnet es heftiger, wie mit Wut ... Ist es heiß?«
»Sehr.«
Joseps Stimme ist morgens immer leiser, abends hingegen ist sein Ton anders, spitzer. Bei mir war es Abend, aber am Telefon sprach Josep mit seiner Morgenstimme zu mir.
»Ich kann bei dem Regen nicht schlafen.«
»Versuch es.«
»Es regnet so stark.«
Wir redeten ein wenig und dann ging ich wieder ins Bett. Ich ging über den Flur und hielt inne, als ich an Blancas Zimmer vorbeikam. Ihre Sachen waren nicht berührt worden. Meine Mutter hatte vor, sie am nächsten Tag zu sortieren, alles lag immer noch an seinem Platz. Ich ging hinein und setzte mich auf ihr Bett. Ich konnte mich ganz genau an diesen Geruch erinnern, ein wenig nach Medizin, nach Kölnisch Wasser, nach Anisbonbons. Auf ihrem Nachttisch, neben dem Telefon, lag ihr Büchlein. Darin notierte sie Namen, Daten, Sätze, die sie nicht vergessen durfte. Dinge, die sie schon gesagt hatte und nicht wiederholen wollte, alte Erinnerungen, die ihr in den Kopf kamen. Es war schwierig, sie zu lesen, ihre Schrift war undeutlich, ihre Hand musste beim Schreiben gezittert haben. Mitten in diesem Durcheinander an Wörtern, auf einer der letzten Seiten, konnte ich relativ deutlich eine Notiz lesen, die besagte: *18. April: Santa Blanca.* Draußen regnete es heftig. Ein ganzer Ozean fiel auf das Dach.

Ich entschloss mich, ihren schwarzen Mantel und ein paar dicke Kleider, die ich im Schrank fand, zu behalten. Ich hatte nichts anzuziehen und die Kleidungsstücke passten mir. Sie waren aus der Zeit, in der Blanca jung und schlank gewesen war, das war mindestens fünfzig Jahre her. Sie bewahrte sie auf, weil alle wissen sollten, dass sie einmal schlank gewesen war. »Seht«, sagte sie, wenn sie sie zeigte, »so war ich, bevor ich schwanger wurde.« Meine Mutter erinnerte sich daran, während wir die gesamte Kleidung zusammenlegten und wegräumten. Wir brachten den ganzen Morgen damit zu. Als wir fertig waren und meine Mutter mit den Kartons hinausging, blieb ich vor dem Spiegel stehen und zog mir eines der Kleider an, die sie nicht verstaut hatte. Es war blau, aus dicker Seide und weich. Der Stoff umschmeichelte meine Taille, meine Hüften, meinen Busen. Er schmiegte sich an meinen Körper, wie er sich einst sicherlich an den Blancas geschmiegt hatte. Ungewohnt sah es aus, aber gut. Dann, über das Kleid, zog ich den schwarzen Mantel und knöpfte ihn behutsam von oben bis unten zu. Er war sehr warm, ich konnte getrost rausgehen, ohne zu frieren. Ich hatte Lust, das zu tun, nahm meine Tasche, den Schirm und ging auf die Straße. Es war schon lange her, dass diese Kleider aus dem Schrank genommen wurden, um sie auszulüften. Und es war auch lange her, dass ich durch meine Stadt spaziert war. Jetzt war es an der Zeit, dies zu tun.

In Santiago vergeht die Zeit nur langsam. Man geht für fünf Jahre weg und man vergisst das. Wenn man dorthin zurückkehrt, dann ist es immer noch da, intakt, treu auf dich wartend, ohne Vorwürfe, ohne Änderungen, die dich aus dem Konzept bringen würden. Wenn man nicht da ist, dann erlischt Santiago, wie eine Kinoleinwand. Es beginnt erst wieder zu existieren, sobald das Flugzeug die Anden überquert und der Blick aus dem Fenster es wieder zum Leben erweckt. Santiago dreht sich um sich selbst, wie ein Jahrmarktskarussell, das immer auf derselben Stelle steht und sich dreht, ohne sich irgendwohin zu bewegen. Ich lief den ganzen Tag herum, erkannte alles wieder. Ich kickte Laub im Park Forestal vor mir her, ging dem Gestank des Flusses aus dem Weg, um mich nicht mit den beißenden Dämpfen zu vergiften. Santiago, mein fester Bezugspunkt zur Welt, erhob sich von Neuem vor meinen Augen, nur ein wenig verblichener, ein wenig mehr aus der Mode gekommen. Ich sah mir die Leute an, betrachtete die Schaufenster: Alles erschien mir grau, vielleicht weil der Himmel schwarz war vor Wolken. Es sollte gleich regnen, der Wind pfiff und man konnte den Lärm des Donners vorausahnen. Ich lief stundenlang durch jede Straße, die meinen Weg kreuzte. Ich entdeckte neue Gebäude, einige Läden, die ich nicht kannte, das ein oder andere veränderte Café.

Ohne es zu bemerken, kam ich bis zur Plaza de Armas: Nullpunkt, Karussellachse. Eine Band spielte ein altes folkloristisches Lied mit Pauken und Paarbecken, das ich wiederzuerkennen meinte. Viele Alte saßen auf den Bänken, summten die Melodie und klatschten sogar in ihre Hände. Die Musik gefiel mir und ich wollte ihr zuhören. Ich näherte mich der Mitte des Platzes, mischte mich unter die Alten und versuchte, im Geist die Melodie zu erkennen. Die Noten tanzten in meinem Kopf, drehten sich und weckten in mir das Gefühl von Erinnerungen, die ich nicht fähig war festzuhalten. Wo hatte ich diese Melodie nur gehört? Ich war eine Weile damit beschäftigt, als die Musik plötzlich zu dröhnen begann. Die Schläge der Trommeln vermischten sich mit dem Lärm des Donners und die Kombination wurde unerträglich. Die Alten sangen fröhlich und klatschten immer lauter, ihre zahnlosen Münder, ihre fleckigen Hände, voller Falten. Einer stellte sich mitten auf den Platz und begann, mit einem weißen Taschentuch in der Hand, allein eine *cueca* zu tanzen. »Dreh dich«, riefen die anderen im Chor und der Alte machte eine ganze Drehung um sich selbst, steppte weiter hin und her, einen Halbkreis zeichnend. »Dreh dich«, war erneut zu vernehmen und der Alte drehte sich in Form einer Acht, dann um sich selbst, als würde er einen Kreis auf den Boden malen, eine perfekte Null in der Mitte der Plaza. Ich spürte, dass ich fliehen musste. Ich rannte schnell zu einer der Ecken des Platzes, aber noch bevor ich sie erreichte, ging ein Platzregen los, der alle in die Flucht schlug. Wind und Regen von überall her. Doch die Band spielte weiter mit derselben Lautstärke, als ob sie versuchte, sich nicht vom Lärm des Regens und des Donners übertönen zu lassen. Ich öffnete meinen Schirm und lief irgendwohin, aber ich kam nicht vorwärts. Windböen kamen aus allen Straßen, um dort, in der Mitte des Platzes, zusammenzuströmen. Eisige Windstöße kamen aus allen Ecken, ein enormer Wirbel hob Blätter, Röcke, Regenschirme in die Luft. Ich konnte mich nicht bewegen. Mein Schirm flog davon und bei dem Versuch, ihn zu verfolgen, fiel ich, mitten im Regen und Wirrwarr, zu Boden. Vielleicht war ich in einer Pfütze ausgerutscht oder ich war über einen schlecht verankerten Pflasterstein gestolpert, ich weiß es nicht. Ich stürzte und mir wurde schwarz vor Augen, an mehr erinnere ich mich nicht.

Nur von Weitem hörte ich, wie diese Band diese alte *cueca* spielte, ein ums andere Mal. Dreh dich! Wieder war ich auf dem Platz, am Nullpunkt, auf der Karussellachse.

Ich wachte im Trockenen auf. Ich befand mich in einem Bett und an meiner Seite war ein Fenster, an dessen Scheibe die Regentropfen herabrannen. Ich glaubte, in meiner Wohnung zu sein, aber ein gewisser Geruch in meiner Nase verneinte dies. Mein Kopf drehte sich. Ich fühlte mich schlecht, ich verstand nicht, wo ich mich befand und erinnerte mich auch nicht, was geschehen war. Erst als ich die Augen richtig öffnete, erkannte ich, dass ich mich weder in meiner Wohnung noch im Hause meiner Mutter noch an irgendeinem anderen Ort, an dem ich jemals vorher schon gewesen war, befand.

»Geht es dir gut?«

Ein alter Mann blickte mich aus einer Ecke an. Er saß neben einem alten Ölofen. Er hatte meinen Mantel in den Händen, er hielt ihn, damit er in der Wärme trocknete.

»Ein Polizist hat mir geholfen, dich zu tragen.«

An etwas davon konnte ich mich erinnern. Irgendein Typ in Grün, der mich trug, mich in einen Fahrstuhl brachte, in einen geschlossenen Raum. Der Alte blickte mich mit einem seeligen Lächeln an. Seine Augen, seine Wangen, alles folgte dieser Miene. Er war glücklich.

»Ich habe dich von Weitem fallen sehen. Als ich näher kam, konnte ich es nicht glauben.«

Ich versuchte mich aufzusetzen, aber es gelang mir nicht. Mein Körper fühlte sich schwer an und Kopfschmerzen begannen, mir den Blick zu vernebeln. Der Alte hängte den Mantel zum Trocknen auf und setzte sich zu meinen Füßen. Er blickte mich fest an und hörte nicht auf zu lächeln.

»Ich kann es immer noch nicht glauben.«

Ich erinnerte mich an die Alten auf der Plaza, an diese infernalische *cueca*. Ich wollte fliehen, aber ich konnte kaum den Kopf drehen, um meine Umgebung zu sehen. Das Zimmer lag im Halbdunkel, nur das trübe Abendlicht kam durchs Fenster herein.

»Entschuldigung, wo bin ich?«, fragte ich mühevoll.

»Das ist meine Wohnung. Bevor ich wegging, habe ich mein Haus verkauft. Ich dachte, das wüsstest du. Als ich zurückkehrte, kam ich hierher.«

Der Alte stand auf und schlenderte langsam zur Tür.

»Ich habe da etwas, das dir gefallen wird. Riechst du das?«, fragte er, schloss die Augen und atmete tief ein.

Ja, ich roch es. Es war der Geruch nach Kaffee, das gefiel mir.

»Ich habe immer noch die alte Kaffeemaschine. Ich habe sie schon vor einer Weile aufs Feuer gestellt, ich wollte, dass du mit dem Duft wach wirst.«

Der Alte ging sehr langsam durch einen Flur. Ich versuchte aufzustehen und von dort wegzukommen, aber der Körper und der Kopf folgten mir nicht. Alles drehte sich in dem Zimmer, der Ofen, das Fenster, das Bett, in dem ich lag. Von Zeit zu Zeit kehrten die Dinge an ihren Platz zurück, aber nur von Zeit zu Zeit. Es gelang mir, mich zu setzen und so blieb ich, mich einen Moment lang am Kopfteil des Bettes festhaltend. Der Alte erwischte mich dabei, wie ich versuchte, die Füße auf den Boden zu bringen.

»Steh noch nicht auf!«

Er trug ein Tablett mit Kaffee und Keksen.

»Es ist nicht viel«, sagte er, »aber es wird ausreichen, um dieses Wiedersehen zu feiern.«

Er näherte sich dem Bett und stellte alles ab. Dann stellte er seinen Stuhl neben mich und begann, über Dinge zu reden, an die ich mich nicht mehr erinnere. Am Anfang erschienen mir seine Worte unverständlich zu sein. Sie zerfielen, entfernten sich, so wie alles, was ich ansah. Ich dachte, dass Kaffee mir guttun würde und nahm vorsichtig ein paar Schlucke.

»Du siehst so gut aus«, sagte er, während er mich musterte, »ich bin ein Wrack.«

Ich schaute ihn mir genau an. Ich vermutete, dass er recht hatte, mit dem, was er sagte. Sein Kopf war kahl, seine Haut fleckig und verbraucht, seine Hände zitterten ein wenig, sein Körper war dünn und zerbrechlich. Wahrscheinlich war er früher stattlicher gewesen.

»Wenn ich nicht fortgegangen wäre, wenn ich ein ruhigeres, normaleres Leben geführt hätte, wäre ich in einem besseren Zustand.«

Der Alte war seltsam, aber er schien mir nicht verrückt oder etwas dergleichen zu sein.

»Sag nichts, ich weiß, was du denkst: Es war meine Entscheidung zu gehen, ich darf mich nicht beschweren.«

Er plapperte einfach weiter. Ich meine, dass er Dinge anführte, zu denen ich überhaupt keinen Bezug oder an denen ich kein Interesse hatte, das ist mir schon manches Mal passiert. Manche alte Leute sind so.

»Aber es war schwierig, allein zu leben«, fuhr er fort, »ich habe danach nie geheiratet, weißt du? Ich hatte dort drüben ein paar Beziehungen, aber nichts war so, wie das, was ich gehabt hatte.«

Der Alte errötete.

»Manchmal gibt es Dinge, die man vermisst. Deshalb bin ich so glücklich, dass ich dich wiedersehe.«

Etwas stimmte da nicht. Irgendetwas hatte ich nicht verstanden.

»Ich hatte auch nie Kinder«, fuhr er nach einer Weile fort, »und jetzt bedaure ich es.«

Zum ersten Mal nahm er seinen Blick von mir und trank ein wenig aus seiner Kaffeetasse. Er sog den Duft mit geschlossenen Augen ein, dann hob er die Tasse an seine Lippen.

»Und Patty, wie geht es ihr?«

Patty war meine Mutter.

»Es geht ihr gut. Sie arbeitet, wie immer.«

»Was macht sie?«

Er war kein Patient meiner Mutter, auch kein entfernter Onkel, nichts dergleichen.

»Sie ist Zahnärztin.«

»Und lebt ihr zusammen?«

»Im Moment bin ich für ein paar Tage bei ihr.«

»Als ich zurückkam, wollte ich sie im grünen Häuschen besuchen. Sie war nicht mehr da und niemand konnte mir etwas dazu sagen.«

»Es ist schon Jahre her, dass wir von dort wegzogen – ich war vier oder fünf Jahre alt, als wir das alte Haus verließen.«

Der Alte trank seine Tasse aus und lächelte in sich hinein.

»Ich hole mehr Kaffee«, sagte er, nahm das Tablett und stand auf, »du musst mir gleich mehr erzählen. Ich muss mich doch auf den neuesten Stand bringen.«

Mühsam bewegte er sich zur Tür. Dort blieb er kurz stehen.

»Patricia«, sagte er, bevor er das Zimmer verließ, »als du mir von ihr geschrieben hast, das war seltsam. Ich hatte es nicht erwartet, deine Hochzeit, ja, das schien mir nicht so schlimm, aber das mit Patricia ... Ich dachte, du würdest auf mich warten, für immer. Wie eitel von mir!«

Ich schaltete das Licht auf dem Nachttisch an, um besser sehen zu können. Der Rücken des Alten entfernte sich etwas gekrümmt. Neben mir zog eine alte Fotografie, die neben der Lampe stand, meine Aufmerksamkeit auf sich. Es war das Porträt einer Frau. Plötzlich erinnerte ich mich an die Roulettesonntage im Hause meiner Mutter. Mit einem grünen Tuch bedeckten sie den Esstisch und spielten, auf eine launische Kugel wettend, die sich drehte und drehte, ohne je dorthin zu fallen, wo sie hinfallen sollte. Ich nahm das Foto in meine Hände und hielt es nah vor meine Augen. Es stimmte, was ich da sah. Ich war nicht bei dem Spiel dabei, das machte mir Angst. Ich hätte mich lieber dort in einer Ecke gesehen, wie ich heimlich auf die Null setzte. Ich hatte immer geglaubt, dass, wenn ich fest die Augen schließe und ich mich konzentriere, die Kugel in das einzige grüne Fach des Roulettes fallen würde. Immer und immer wieder öffnete und schloss ich die Augen, dachte, dass der Anblick dieses Bildes das Produkt des Sturzes, des Schwindels, meines Kopfes war. Ich hatte viele Jahre mit geschlossenen Augen verbracht. Ich hatte viele Jahre damit verbracht, auf die Null zu wetten. Die Frau auf dem Foto war Blanca. Sie sah jung aus und schlank. Sie hatte den schwarzen Mantel an, den ich an diesem Tag trug. Über den Flur erklang von irgendwoher die Stimme des Alten. »Kaffeedüftchen«, sagte er. Die Kugel rollte im Roulette und blieb in dem Loch liegen, das am wenigsten erwartet wurde. Wieder drehte sich alles in dem Zimmer, das Foto, der Mantel, ich selbst. Ich dachte, dass viel Zeit seit diesen Rouletteabenden vergangen war, ich dachte, dass ich älter geworden, dass ich auf die andere Seite des Atlantiks geflohen war, aber so war es nicht. Ich war immer noch im Esszimmer meines Hauses und wettete heimlich auf die Null.

Bevor der Alte zurückkam, stand ich bereits auf meinen Füßen und hatte den schwarzen Mantel an.

»Gehst du?«, fragte er, als er mit dem Tablett erschien, »wir haben uns noch so viel zu erzählen.«

»Tut mir leid, es ist spät«, antwortete ich, während ich meinen Mantel zuknöpfte.

Er ließ alles auf dem Bett stehen und ging zu einem aus den Fugen geratenen Schrank. Er öffnete eine seiner Türen und holte eine große Kiste mit Briefen heraus.

»Ich habe sie alle aufbewahrt, siehst du? Bis zum letzten.«

Ich konnte mehr als hundert Umschläge mit Blancas Handschrift darauf erkennen. Sie waren alt, vergilbt und die Tinte verblasst. Ich blieb einen Moment bestürzt stehen, als ich die alten Briefe sah.

»Es tut mir leid, es ist schon dunkel«, entgegnete ich schließlich.

»Geh noch nicht!«

Ich ging aus dem Zimmer und suchte den Gang, der mich zur Tür führen würde. Als ich sie fand und alle Riegel aufschob, blickte ich mich um und sah, dass der Alte versuchte, so schnell er konnte hinterherzukommen.

»Blanca«, sagte er.

»Danke für den Kaffee und alles«, ich verabschiedete mich, bevor er mich erreichte. »*Adiós.*«

Ich schloss die Tür und wartete nicht auf den Aufzug. Ich nahm eilig die Treppe. »Blanca«, hörte ich noch, als ich das Gebäude verließ und auf die Straße ging. Die Plaza de Armas lag erneut vor mir. Oben rief der Alte den Namen meiner Großmutter.

»Nein, ich erinnere mich wirklich an nichts, was ihn betrifft«, sagte mir meine Mutter, als ich ihr von dem Alten erzählte. Ich dachte darüber nach. Es wäre auch unmöglich gewesen, augenscheinlich hatten sie sich nie kennengelernt.
 »Aber ein Kommentar über ihn, irgendetwas?«
 »Du weißt, dass deine Großmutter in dieser Hinsicht nicht sehr gesprächig war.«
 Wir verbrachten die halbe Nacht damit, uns vorzustellen, wer dieser Alte gewesen sein mochte. Als wir schon anfingen, uns immer wieder um dieselben Mutmaßungen zu kreisen, wurde meine Mutter der Sache müde und ging schlafen. Ich blieb wach und lief im Haus herum. Ich ging in Blancas Zimmer und blieb vor ihrer Kommode stehen, denn ich wusste, dass ich darin eine Antwort finden könnte. Meine Mutter dachte daran, sie am nächsten Tag aufzuräumen und die Sachen einzupacken, aber ich wollte nicht warten. Ich öffnete die Schubladen in der Hoffnung, etwas zu finden. Ich nahm alle Fotoalben und musterte jedes Gesicht genau, egal wie alt die Fotos sein mochten. Wenn er eines von ihr besaß, so musste sie auch eines von ihm haben. Ich sah Leute, die ich nie kennengelernt hatte. Ich arbeitete mich vom Jahr zwanzig ausgehend weiter vor: Geburtstage, Spaziergänge, Essen, Feste, Taufen, Hochzeiten. Ich kam bis zu meiner eigenen Geburt. Ich kam von Sepia zu Schwarz-Weiß und schließlich zu Farbe.

Aber auf keiner einzigen Fotografie, nicht einmal in irgendeiner halb versteckten Ecke, befand sich der Alte. Ich legte die Alben beiseite und als ich schon die Schachteln verschließen und zu Bett gehen wollte, erregte ein gut verstecktes und in Zeitungspapier eingewickeltes Päckchen meine Aufmerksamkeit. Es befand sich unter der Wäsche, ganz hinten. Ich nahm es, wickelte es aus dem Papier und vor mir erschien eine Schachtel, die sorgsam mit Hanfleinen verschnürt war. Ich brauchte sie nicht zu öffnen, um zu wissen, was darin war. Ungefähr hundert, nach ihrem Datum aus dem Jahr fünfunddreißig bis zum Jahr zweiundfünfzig säuberlich sortierte Briefe. Die letzten, so um die zehn, waren ungeöffnet, komplett versiegelt. Sie kamen aus verschiedenen Orten: Genf, Athen, Budapest, Moskau, Kairo. Aber der Name des Absenders war immer derselbe: Octavio Santana. Ich nahm die Schachtel, wickelte sie wieder ein und nahm sie mit in mein Zimmer. Ich las keinen einzigen Brief, ich legte sie so, wie sie waren, in meinen Koffer. Niemand sonst sollte sie sehen. Blanca war in dieser Hinsicht nie sehr redselig gewesen. Warum sollte dies der Moment sein, damit anzufangen?

Der Frühling hielt in Santiago Einzug, noch bevor ich es überhaupt bemerkte. Es verging der August und es kam der September mit wehenden Fahnen, dreifarbigen Luftschlangen, *chicha* und *empanadas*. Ich erinnerte mich an meinen Traum und mit einem ihrer weißen Taschentücher tanzte ich zu Ehren Blancas mehr als nur eine *cueca*. Aber ich konnte nicht noch länger bleiben, ich musste zurückkehren. Josep wartete schon seit Wochen auf mich und ich musste ihn sehen. Ich bestätigte meine Rückkehr für einen

Freitagmorgen. Meine Mutter war sehr traurig, aber wir einigten uns, dass sie mich in ein paar Monaten besuchen würde. Ich nahm mir Zeit, meinen Koffer zu packen, verstaute die wenigen Dinge, die ich mitgebracht hatte, und die anderen wenigen, die ich gekauft hatte. Ich beschloss, dass Blancas Mantel und ihr Kleid bei meiner Mutter bleiben sollten, aber als ich sie ihr geben wollte, dachte ich, dass es noch etwas gab, das ich tun musste: Ich ging in mein Zimmer zurück und zog mir Kleid und Mantel an. Es war nicht so kalt, dass man einen Mantel hätte anziehen müssen, aber das war egal. Noch einmal ging ich als Blanca auf die Straße.

»Blanca«, sagte der Alte, als er die Tür öffnete und sein Gesicht erhellte sich, erholte sich vom Müßiggang.

»Octavio«, antwortete ich ihm und akzeptierte seine Einladung einzutreten.

Diesmal setzten wir uns in sein Wohnzimmer. Es war ein großzügig geschnittener Raum, voller Teppiche und fremdartiger Masken. Auf einer Seite war ein kleiner Balkon in Richtung der Plaza de Armas. Von dort aus hörte man den Lärm der Leute und der Autos, die dort unten fuhren.

»So viel Lärm«, sagte ich, während ich mich setzte.

»Das gefällt mir, so fühle ich mich in guter Gesellschaft.«

Octavio ging zu einem Regal und bot mir einen Orangenlikör an, den ihm, wie er sagte, jedes Jahr ein italienischer Freund schickte.

»Direkt aus der Toskana«, erklärte er mir.

Der Likör war sehr süß und sanft und er servierte ihn mit ein paar kandierten und mit Schokolade überzogenen Orangen.

»Ich weiß, dass sie dir schmecken.«

Meine Großmutter war fähig, sie kiloweise zu essen. Ich hatte diese Vorliebe nicht geerbt.

»Verzeih mir das neulich. Ich habe dich verschreckt damit, dummes Zeug zu schwatzen.«

»Nein, das stimmt nicht.«

»Ich hätte dir die Briefe nicht zeigen sollen, verzeih mir.«

Einen Moment lang wollte ich erfahren, wie Octavio gewesen war, in welches Gesicht Blanca geblickt, welchem Mann sie geschrieben hatte. Während ich den Alten aufmerksam beobachtete, konnte ich mir ein Bild formen. Ich glättete seine Haut, rückte seine Züge zurecht, ließ Haare auf dem kahlen Kopf wachsen. Mir gefiel, was ich sah; vielleicht hätte auch ich ihm in gleicher Weise Jahr um Jahr geschrieben.

»Deine Briefe sind auch gut aufgehoben«, sagte ich.

Octavio schaute mich überrascht an. Er nahm sein Likörglas und ohne etwas zu sagen, trank er es auf einen Zug aus. Dann stand er auf und ging nervös zum Regal. Von dort brachte er die Flasche mit und setzte sich wieder zu mir.

»Den bringt man mir jeden Sommer mit«, sagte er, während er sich bediente, »der Sohn meines Freundes lebt hier in Chile und reist jedes Jahr zu Weihnachten nach Italien. Wenn er zurückkommt, dann bringt er mir immer dieses Paket von Lorenzo mit. Es kommt in einer Seite des *Corriere della Sera* eingewickelt und mit einem Kärtchen, auf dem immer dasselbe steht: *Saluti tanti 1995* oder *96*, oder welches Jahr auch immer gerade ist. Ich habe fast dreißig Kärtchen. In einem Jahr verreiste Lorenzos Sohn nicht und ich wurde schier verrückt, als mir die Flasche des Vorjahres ausging. Ich lief durch ganz Santiago auf der Suche nach etwas

Ähnlichem, aber ich fand nichts, anderer Geschmack, anderes Aroma. Ich vermute, die Orangen dort sind anders.«

Octavio verstummte, lächelte mit einer fast tölpelhaften Grimasse und nahm noch einen Schluck aus seinem Glas.

»Darf ich dich etwas fragen?«, sagte er nach einer Weile zu mir.

Ich nickte mit dem Kopf.

»Warum hast du aufgehört, mir zu schreiben? Warum hast du mir nicht mehr geantwortet?«

Mit meiner rechten Hand griff ich zu einem Orangenstück vom Tablett und warf es mir in den Mund. Ich kaute es nicht, die Schokolade zerging an meinem Gaumen.

»Patricia war schon groß. Ich wusste nicht, wie ich ihr deine Briefe erklären sollte.«

Der bittere Kern der Orange begann, sich zwischen meinen Lippen auszubreiten.

»Es waren so viele Jahre vergangen und ich dachte immer noch an dich. Eines Tages wachte ich auf und dachte, angesichts der Umstände, dass das nicht gut war. Seitdem habe ich nie wieder einen einzigen Brief beantwortet.«

Das Orangenstück glitt im Ganzen meinen Hals hinab. Ein sanfter Bittergeschmack blieb in meinem Mund zurück.

»Deshalb«, sagte ich abschließend.

Octavio schaute mich eine Weile an, ohne etwas zu sagen oder zu tun. Sein Mund lächelte kaum merklich und sein Gesicht hatte einen ruhigen Ausdruck. Erst als er erneut aus seinem Glas trank, traute ich mich zu atmen und noch ein Orangenstückchen zu essen. So blieben wir eine lange Zeit sitzen, schweigend, auf den Balkon hinaus schauend und dabei zusehend, wie die Sonne langsam unterging, dem Lärm der Menschen unten zuhörend, trinkend und Schokolade essend.

»Ich bin gekommen, um mich zu verabschieden«, unterbrach ich die Stille.

Octavio sah mich überrascht an.

»Morgen früh fahre ich nach Spanien.«

»Nach Spanien?«

»Ich gehe zu meiner Enkelin. Seit fünf Jahren wohnt sie dort und jetzt möchte sie, dass ich auch dorthin komme. Sie sagt, es sei nicht gut, dass wir getrennt sind, dass sie an mich denkend mit Bauchschmerzen aufwacht. Sie sagt mir das nicht, aber ich weiß, dass sie nicht möchte, dass ich sterbe, wenn sie so weit weg ist.«

Octavio befüllte erneut die zwei Gläser.

»Man muss doch auf diese Reise anstoßen«, sagte er und hob seines. Er lächelte und wir beide tranken einen Schluck.

»Ich werde nun derjenige sein, der auf dich wartet.«

Der Likör ging zur Neige und die Schokolade auch. Die Sonne versteckte sich hinter den Gebäuden. Octavio zog die Vorhänge zu und ich stand auf, um mich zu verabschieden.

»Wirst du mir schreiben?«

»Ich möchte dein Archiv an Briefen nicht noch vergrößern. Ich rufe dich an.«

Octavio schrieb seine Nummer und Adresse auf ein Papier, das ich in meiner Tasche aufbewahrte.

»Lass nur, ich gehe allein zur Tür.«

Er nahm meine Hand und drückte fest einen Kuss darauf. Ich blickte ihn an und konnte sein Gesicht sehen, wie es in diesem Moment war und wie es einmal gewesen war. Beide gleichzeitig, das eine über dem anderen liegend und umgekehrt. Diesmal gefielen mir beide. Ich dachte kaum darüber nach, näherte mich ihm, nahm seine Wangen zwischen meine Hände und küsste seine Lippen. Sie schmeckten nach Orangen, nach Likör, nach Schokolade, Kaffeedüftchen aus seinem Mund. Als ich mich trennte, waren seine Augen geschlossen. Octavio blieb ruhig und schwieg, ohne seine Lider oder seine Lippen zu bewegen. Ich ließ ihn so, wie er war, stehen und ging zur Tür. Ich öffnete die Riegel und verließ die Wohnung. Ich blickte nicht zurück.

An dem Tag, an dem ich ging, war der Himmel verhangen. Von dem kleinen Fenster aus konnte ich ein wenig von Santiago sehen, als das Flugzeug abhob. Ich hatte das Datum meiner Rückkehr nicht geplant, aber zumindest wusste ich, dass die Entscheidung nicht notwendigerweise bei mir lag. Ich floh auf die andere Seite des Atlantiks, aber ich würde nicht weit kommen. Der Nabel der Welt, zumindest der meinige, befand sich dort unten, inmitten der Hügel, unter dem Smog begraben. Ich stellte mir Octavio vor, wie er in seiner Wohnung an der Plaza still dasaß, auf einen Brief wartete, einen Anruf oder ein erneutes Auftauchen Blancas. Nach meiner Ankunft rief ich ihn ein paarmal an. Ich sagte ihm, dass es mir sehr gut gehe, dass es mir gefalle, so nah bei meiner Enkelin zu sein und dass Barcelona eine schöne Stadt sei. Ich erfand morgendliche Ausflüge auf die Ramblas und abendliche Lesungen am Meer für ihn. Der Alte war zufrieden und erzählte mir im Gegenzug von den Nachrichten, vom Wetter und von der Komödie, die gerade angefangen hatte.

Jetzt ist die Zeit vergangen. Der Frühling ist auch hier angekommen und meine Mutter hat ihr Erscheinen für Ende April angekündigt, nächste Woche. Ich habe gewartet, bis Josep gegangen ist und habe mich hier hingesetzt, an den Schreibtisch, mit Blancas Briefen, bereit, nach Santiago zu schreiben. Ich eröffne die Seite: *Don Octavio, ich bin Blancas Enkelin. Sie hat mir viel von Ihnen erzählt, seit sie hier angekommen ist. Deshalb schreibe ich Ihnen jetzt. Der Anlass ist jedoch ein trauriger und glauben Sie mir, ich weiß, wie schmerzhaft dies für Sie sein wird.* Ich blicke auf den Kalender, der an meiner Seite hängt, suche ein gutes Datum und finde es sofort. *Blanca ist vor ein paar Tagen verstorben, am 18. April, hier in meiner Wohnung, im Morgengrauen. Es war alles ganz friedlich. Wir waren zusammen und das war gut so.* Ich halte ein wenig inne, lese alles. Ich möchte nicht so abrupt sein, ihm die Nachricht nicht so plötzlich sagen. Aber nein, ich fahre fort. *Es gibt etwas, das sie mir hinterlassen hat und das ich ihnen mit diesem Brief schicke. Es ist ein Paket. Ich kenne seinen Inhalt nicht, aber ich weiß, dass es gemeinsam mit einer kleinen Karte, die sie selbst geschrieben hat, in ihre Hände gelangen soll. Das hat sie mir ein paar Tage bevor sie starb gesagt. Mehr weiß ich nicht zu schreiben und so verabschiede ich mich herzlich. Wenn Sie mir schreiben möchten, finden Sie meine Adresse auf dem Umschlag. Es würde mich sehr freuen, von Ihnen zu hören.* Ich unterzeichne das Blatt Papier, dann falte ich es und schiebe es in einen Umschlag. Jetzt nehme ich Blancas Briefe. Sie sind immer noch in der gleichen Schachtel. Ich habe sie mit einer Seite des *Corriere della Sera* eingewickelt, hier ist es nicht schwer, einen zu bekommen. Meine rechte Hand nimmt erneut den Stift und ich sehe, wie sie auf ein kleines Kärtchen mit zittrigen Buchstaben so etwas wie einen Gruß schreibt: *Saluti tanti, 1997.* Ich muss schnell zur Post. Es ist schon spät und vielleicht machen sie schon zu.

Emilia

EMILIA, so, in Großbuchstaben. Das tippe ich in den Computer als Einleitung dieser Erzählung, ein dringlicher Appell an die leere Seite. Das ist der erste Schritt, der Geschichte einen Namen geben, einen Charakter. Jetzt vielleicht ein guter Satz, ein schönes Bild. Ich vermute, dass ich Emilia finden und mit ihr sprechen muss. Ich muss eine Szene erfinden, in der wir uns hinsetzen können, um zu reden. Vielleicht, um ihr zu erzählen, dass ich glücklich bin, dass Magda damit zu tun hat und dass sie, wenn sie will, mein Glück vervollständigen kann, indem sie mir verzeiht. »Emilia, verzeihst du mir?«, etwas auf diese Art müsste ich zu ihr sagen. Sie, schön wie immer, vielleicht mit einem Kind, das dort irgendwo herumspringt, mit einem Ehemann und der ein oder anderen neuen Geschichte, würde mir sagen, dass, ja, dass sie mir verzeiht, dass nichts jemals so schlimm sein kann, dass ich unsere Geschichte als beendet betrachten darf und ich in Frieden meiner Wege gehen kann. Ich vermute, dass es das ist, was ich tun sollte, aber die Wahrheit ist: Ich weiß nicht wie. Ein Gesicht kann sich mit der Zeit auflösen und nur seinen Eindruck zurücklassen, die Idee, Bruchstücke von Emilia, ihre Wange aus verschiedenen Blickwinkeln, die Großaufnahme ihres Mundes, ihres roten Haares. Nur mit Schwierigkeiten kann ich sie auf dem Bildschirm zusammensetzen. Die *bombilla* des Matetees im Mund, die Thermoskanne unterm Arm. *Ich mache mich auf die Suche nach Emilia,* tippe ich in den Computer. Das ist es, was ich tun muss, sie in dieser Erzählung suchen, mich von den Worten tragen lassen, sie in einem Satz finden, in einer guten Szenerie. Ich muss die Nacht ausnutzen, ich kann nicht länger warten. Morgen ist Magda da, die Uhr, die Dusche, das nasse Haar und das saubere Gesicht.

Die Reise beginnt: Ein langer und gewundener Graben aus Asphalt. Die zwei Gegenpole der Geschichte werden über einen Weg zusammengeführt, der über ein Gebirge und durch eine Pampa führt, durch eine Linie, in Weiß auf den Weg gepinselt, mal unterbrochen, mal durchgehend und unantastbar, voneinander getrennt.

»Fahren Sie weiter durch, bis zum Ende?«, ein Typ fragt nach meinem Ausweis, als ich an die Grenze komme.

Bis zum Ende. Die Anden liegen hinter mir und ich komme in die Pampa. Es gibt keine Hügel, der Blick verliert sich im Nichts. Der Strich weißer Farbe markiert den Straßenbelag, auf der anderen Seite Emilia; die Möglichkeit von Emilia am Ende des Weges.

Ich falte die Karte ganz auf und versuche, genau die Ecke zu bestimmen, an der ich gelandet bin. Ich stolpere über die Straße des Generals Artigas, eine Art transandine *Alameda*, die Wirbelsäule der Stadt: der Schaufenster, Leute, Cafés. Ich erinnere mich an Emilias Straße, an ihr Viertel, an die Straßenlaternen des Häuserblocks, aber ich erinnere mich an keine Namen, die mir bei meiner Suche in den Planquadraten helfen würden. Alte Häuser, antike Durchgänge, eine Eisdiele an einem Punkt in der Nähe und eine kleine

Bar mit einem Fernseher, der ein Fußballspiel überträgt. Wenn ich in diese Bar ginge, könnte ich aus dem Gedächtnis bis zu Emilias Haus finden, an ihre Tür klopfen, sie von der anderen Seite auftauchen sehen und ihr überraschtes Gesicht entdecken, das mich vom Eingang aus anblickt. Ich suche nach etwas Bekanntem, nach etwas, das nach ihr riecht, doch es ist so schwierig. Hier in dieser Stadt funktionieren die Dinge ähnlich, aber mit einem anderen Akzent: Alles ist tiefer oder spitzer, je nach Konjugation, je nach Gemütszustand. Eine trügerische und veraltete Regel ist hier wirksam. Sie lässt die Dinge rhythmischer wirken: »*Me entendés?*« – »Versteeehste?« Die Leute finden sich darin zurecht, sie hinterfragen nicht, wie ich, diese kreolische Version des Spanischen, diesen verdrehten Arm der Sprache.

Ich blicke in alle Richtungen. Wohin soll ich gehen? Von der Wand aus beobachtet mich das Foto eines Schwarzen. Es ist auf eine Informationstafel für Touristen gedruckt, die Reisen und Stadttouren anbietet. Er trägt ein leuchtendes Hemd, das um die Taille geschnürt ist, und seine weißen Handflächen schlagen das Fell einer Handtrommel: eins-zwei-drei, zwei-drei, der pulsierende Rhythmus des *candombe*. Der Klang der Trommeln, es war in dieser Stadt, dass ich sie zum ersten Mal hörte. Mit einem Mal bringt mir dieser Schwarze meine Erinnerung an den Karneval zurück.

Ich erinnere mich an die *llamadas*, die Paraden der Anrufung. Emilia nahm mich zu einer dieser seltsamen Zeremonien mit, bei der die ganze Stadt auf die Straße geht, um die Schwarzen zu rufen, damit sie den Karneval mit den Trommelschlägen einleiten. Alle Handflächen klatschen im selben Takt, fordern, dass sie, die angemalten und verkleideten Dunkelhäutigen, den Startschuss für die Feierlichkeiten geben, indem sie die Trommeln schlagen: eins-zwei-drei, zwei-drei. Damit die Anrufung auch wirksam ist und der Karneval mit dem Rhythmus der Schwarzen beginnen kann, muss man sich sehr konzentrieren, fest klatschen, immer und immer wieder. In meinem Land gibt es keinen Karneval und auch keine Schwarzen. Wir sind alle ziemlich grau, die grausten von allen, aber es reicht nicht für Schwarze. Es gibt keine Trommeln, keine pulsierenden Rhythmen, auch keine Mulattinnen, die die Hüften schwingen und die Brüste zeigen. Als ich dort war, gefiel mir das sehr. Ich wollte mir noch einmal die Möglichkeit gönnen, an der *llamada* teilzunehmen, mich noch einmal aufs Äußerste zu konzentrieren, im Takt zu klatschen, damit kein Zweifel daran aufkommt, dass ich große Lust habe, dass alles den gewünschten Effekt erzielt.

Das Viertel der Schwarzen, es ist dunkel und ich stehe inmitten einer großen Menschenmenge, die ungeduldig auf den Moment wartet, in dem sie mit dem Applaus beginnen darf. Kinder, Alte mit bunten Luftballons und Verkleidungen. Emilia wird herkommen, wie alle anderen auch, da bin ich mir sicher. Ich werde sie unter den Leuten entdecken, wie sie kraftvoll applaudiert, mit einem Ballon in der Hand, nein, besser mit ihrem Sohn, oder ihrer Tochter, die glücklich sein wird, mit einem bunten Hut auf dem Kopf. »Emilia, ich bin es. Erinnerst du dich an mich?« »Das ist ein alter Freund«, wird sie dem Kind erklären und dann werden wir drei zusammen die Parade ansehen und *choripán* essen. Danach kann ich beruhigt gehen, meine Schuld wird leichter sein, poliert und sauber, bereit, zu Magda zurückzukehren, wie es sich gehört.

Eins-zwei-drei, zwei-drei, hier waren wir vor Jahren. Jemand pfiff durch eine Trillerpfeife, wie es auch jetzt jemand tut. Plötzlich, mit einem Schlag, ertönte der Lärm eines Heeres klatschender Handflächen und eröffnete die Zeremonie unter dem Rhythmus eins-zwei-drei.

Das Gleiche passiert in diesem Moment: Die *llamada* beginnt. Die Beschwörung fängt an. Das Echo hallt zwischen den Gebäuden, alle klatschen. Den Geruch von Rauch, einem Grill, nach Schweiß und nach mit anderem Mittel gewaschener Wäsche nehme ich wahr. Wenn nicht jetzt, dann nie. Ich muss dich treffen, Emilia! Ich weiß, dass du da bist, an einem Paar Handflächen in diesem Tumult, hier, wo sich alles ein wenig abgrenzt und sich deine Stadt von Trommelrhythmen eingerahmt im Ausnahmezustand wiederfindet. »Was machst'n du da, Alter? Hörste wohl auf?« Ich werde nicht aufhören, Emilia. Ich konzentriere mich so sehr ich kann, versuche, dich zwischen Perücken, Köpfen, Hüten auszumachen, dein rotes Haar versteckt zwischen bunten Mähnen. Eins-zwei-drei, zwei-drei, ich klatsche mit aller Kraft, die Hände brennen, fordern das Erscheinen. Warum brauchst du so lange, Emilia? Da, ein bunter Funken zwischen den Menschen. Das ist sie, ich kann sie spüren, sie in der Nähe erahnen. Eine Wange aus einem bestimmten Blickwinkel, die Großaufnahme eines Mundes. Eins-zwei-drei, zwei-drei, ich klatsche und plötzlich, aus ihrem Versteck, aus einer versteckten Gasse, erscheinen die Schwarzen, erhören die Anrufung des Volkes. Eine rastlose Seele mit Thermosflasche unterm Arm. Du drehst dich beim Klang der Trommeln, erscheinst meiner jahrelangen Beschwörung. Das ist kein Witz, Emilia, du tauchst auf, du bist es. Die Schwarzen sind da. Die *llamada* hat funktioniert. Der Karneval beginnt.

Ich sehe Emilia, wie sie durch die Straße läuft und sich an den Wänden abstützt. Sie hat den Anfang der Parade gesehen und jetzt entfernt sie sich von der Menschenmenge. Ich reibe meine Augen, ich bin mir nicht sicher, was ich da sehe. Sie hatte einmal langes, gelocktes Haar, ihre losen Strähnen fielen ihr über die Schultern. Jetzt trägt sie eine Art verdreckte Mähne, die ihr bis zu den Ohren reicht und den Blick auf ihren Hals freigibt. Ich erinnere mich daran, dass ich diesen Hals berührt habe, mit meinen Fingern ihren Nacken, ihre Schultern nachgezeichnet habe. Dein Körper, Emilia, was ist mit ihm passiert? Er sieht anders aus, abgemagert, dünner.

Du hältst vor einer Trattoria. *El Limbo* lese ich auf dem beleuchteten Schild, das auf Pasta und Wein hinweist. Du schaust hinein, hast große Lust, dass man dir ein Plätzchen frei macht, du drückst deine schmutzige Wange an die Scheibe und beobachtest die Leute. Es ist Karnevalsabend, alle lachen und essen verzückt. Es gibt keinen freien Tisch für dein schmutziges Gesicht, der Maître sagt dir das, aber du verstehst nicht und setzt dich auf eine Treppenstufe vor den Eingang und wartest, dass etwas frei wird. Du ziehst eine kleine Flasche aus der Tasche, leerst sie in einem Zug und wirfst sie dann auf den Boden. Der Maître kommt raus, zieht dich am Arm hoch, er flucht, er zerrt dich von der Treppe und stößt dich weg vom Eingang. Emilia. Du verstehst nicht, was passiert, du sinkst zusammen, erbrichst dich auf den Bürgersteig.

Bist du das, Emilia? Tausende von Bruchstücken finden sich wieder zusammen, um dein Gesicht zu formen. Ich betrachte dich von Nahem im Abfall des Bürgersteigs. Die Haut schimmert bläulich, fast durchsichtig, das Gesicht ist knochig, voller blauer Flecken. Ein Faden aus Spucke und

Erbrochenem läuft dir aus dem Mundwinkel. Die Protagonistin der Erzählung spuckt Wein. Bist du es? Ich riskiere es und hebe einen bewusstlosen Leib hoch, trage ihn wie ein Gewicht in meinen Armen.

Was mache ich nun? Diese Erzählung hatte schon immer ein schlimmes Ende. Hilf mir, die Geschichte zu vollenden, Emilia, denn allein gelingt mir das nicht. Magda schläft im Zimmer nebenan und ich schließe mich jeden Tag ein, um diese Geschichte zu schreiben, die deinen Namen trägt. Ich weiß nicht, wohin ich gehen soll. Ich glaube, am Ende dieser Straße befindet sich der Strand. Ich kann den Wind spüren und das Geräusch der Brandung hören. Da gehen wir hin, Emilia. Die Geschichte geht dort weiter, wo sie in jener letzten Nacht, die wir gemeinsam im Sand verbracht haben, stehen geblieben ist. Ich greife die Szene bei den Auslassungspunkten wieder auf, schreibe den Satz weiter und beende die Idee.

Das ist nicht das Meer. Es ist nur ein Stück eines riesigen Flusses, hier nennen sie das Meer. Aber eigentlich ist es nur das: ein Stück eines riesigen Flusses. Es gibt kreischende Möwen, Salzgeruch, brechende Wellen, die ans Ufer schlagen. Alles Lüge, eine gut gemachte Kopie, aber mehr nicht. Das ist nicht das Meer. Die Leute schlagen in der Ferne auf ihre Trommeln und du liegst neben mir im Sand, wie das eine Mal. Bist du es? Wir haben es geschafft, wir nehmen die Erzählung nach Jahren wieder auf. Ohne mich anzuschauen, öffnest du die Augen ein wenig. Dir scheint übel zu sein, du siehst schlecht aus. Mit der Hand greifst du dir an den Kopf, reibst dir das Gesicht, säuberst dir den mit Sand und Erbrochenem verklebten Mund.

»Was mache ich hier?«

Deine Stimme! Du bist es, da gibt es keinen Zweifel. Du siehst dich um, versuchst, mir ins Gesicht zu schauen, aber es ist unmöglich, etwas in der Dunkelheit zu erkennen.

»Das ist der Strand«, antworte ich.

»Ich weiß, wo ich bin, ich bin doch nicht doof. Ich frage dich, wie ich hierhergekommen bin.«

Was ist mit dir passiert, Emilia? Du kannst kaum sprechen, deine Worte entfernen sich, zerfallen. Ich rieche einen sauren Geruch, der deinen Körper umströmt.

»Würdest du gern etwas Warmes trinken gehen?«

»Diese Dienste werden dich etwas mehr kosten als einen Kaffee.«

»Ich will deine Dienste nicht.«

Emilia lacht. Ihr Lachen lässt ihren Kopf schmerzen, sie greift nach ihm mit einem Stöhnen.

»Niemand bringt mich hier zum Strand für nichts. Denkst du, ich bin bescheuert? Ich bin vielleicht 'ne Nutte, aber nicht bescheuert. Wie viel gibst du mir?«

»Etwas zu trinken, etwas Warmes, was du willst.«

»Und den Rest hier im Sand? Ein Hotelzimmer kostet dich doch nichts.«

Emilia sieht mich zum ersten Mal genau an. Sie blickt mir ins Gesicht, in die Augen, unvermittelt, als ob sie erst jetzt meine Stimme gehört hätte, als ob es ihr eben erst aufgefallen wäre.

»Dein Akzent. Du ... ?«

Die letzte Nacht, Emilia, ich erinnere mich gut. Wir kamen hier an, bevor es Morgen wurde. Die Schwarzen waren verstummt und wir zwei kamen betrunken hierher, um im Sand zu schlafen. Alles drehte sich, die Möwen kreischten und du lachtest, während du versuchtest, dich auf den Beinen zu halten. Jetzt starrt Emilia mich an, öffnet und schließt die Augen, um sich meiner dunklen Silhouette vor ihr sicher zu sein.

»Du bist kein Kunde. Du ... ?«

Sie öffnet den Mund, ich rieche ihren sauren Atem. Sie blickt mich beunruhigt an, steht schwankend auf und entfernt sich von mir.

»Geh weg! Hau ab! Guck mich nicht an! Lass mich allein!«

»Morgen fahre ich«, sagte ich zu dir. Ganz plötzlich, ohne Vorwarnung, brach es damals aus mir heraus, »ich kann nicht länger bleiben. Der gewundene Weg aus Asphalt wartet darauf, dass ich nach Hause zurückkehre. Mein Weg hierher durch die Pampa und über die Gebirgskette ist dazu gemacht zurückzukehren.«

Du hörtest auf zu lachen. Du fielst auf die Knie in den Sand und blicktest mir fest in die Augen. Es war Sommer und es hatte schon lange nicht mehr geregnet. An diesem Abend waren wir im Kongress gewesen. Ich wusste nicht, was das ist, ein tagender Nationalkongress und so gesellten wir uns zu einer der Kammern und sahen all diesen Leuten dabei zu, wie sie den Fall der Dürre diskutierten. Die Kühe sterben, sagten sie, und das Land werde ohne Kühe zugrunde gehen. Ich lachte, denn man hörte nicht auf, vor den Haustüren zu grillen, an allen Ecken ließ mir der Geruch nach Fleisch und *choripán* das Wasser im Munde zusammenlaufen. Es schien nicht so zu sein, dass alles zugrunde ging, denn es war Karneval und hier bedeutet Karneval, dass die *murgas* kommen, der *candombe* und das Grillen. Somit gab es auch keine Dürre. Das Zugrundegehen würde später kommen und ich schätze, es kam, denn ich glaube, das war der Punkt, an dem wir beide stehen geblieben sind. »Ich kann nicht länger bleiben«, sagte ich dir. Ein Betrunkener, der noch betrunkener war, als wir es waren, zerschlug seine Flasche an der Promenade und dann, nach einem langen Schweigen, öffnetest du den Mund und prophezeitest das, was kommen sollte: »Mit oder ohne Kühe, es geht sowieso alles den Bach runter.«

»Geh weg! Ich will nicht, dass du mich so siehst!«

Die Emilia von heute bricht zusammen, weint auf dem Boden, begraben im Sand. Ich kann ihre verlaufene Schminke sehen, ihre geschwollenen Augen. Eine schlechte Version dessen, was einmal ihr Gesicht gewesen war, eine so verwirrende Komposition wie das, was der Bildschirm meines Computers zeigt. Über ihre Nase läuft eine schwarze Träne. Sie hinterlässt eine Spur, ein Rinnsal aus Mascara, das ihr Gesicht in zwei Teile spaltet, es bis zur Unkenntlichkeit verzerrt.

»Sag mir«, ihre Stimme bricht, es ist schwierig, die Klangfarbe von früher zu erkennen, »dass das nicht du bist, sag mir, dass das nicht du bist.«

Ihre Träne fällt in den Sand. Ein schwarzer Punkt, der einen Abschied markiert. Das, was mir jetzt im Hals steckt, sieht so ähnlich aus. Ich möchte dich nicht quälen, Emilia, ich schwöre es dir, aber das ist der Schlusspunkt, den ich ein für allemal in dieser Erzählung setzen muss.

»Sag mir bitte, dass das nicht du bist. Ich bin alt, besoffen, ich bilde mir etwas ein. Das bist nicht du.«

Die Musik war verstummt, das Klatschen hatte aufgehört. Ein paar Möwen kreischten, als die Sonne im Meer zu versinken begann. Ich sah die Betrunkenen am Ufer, die zerbrochenen Flaschen, Abfallreste. Ich stand auf und ging barfuß zum Strand, tat einen Schritt nach dem anderen, ohne umzukehren oder zurückzuschauen. Ich fuhr durch die Pampa, überquerte die Gebirgskette. Erst als ich in Santiago ankam, bemerkte ich, dass ich ein Haar auf meinem Hemdkragen trug. Ein rotes, langes und gelocktes Haar. Ich versuche immer noch, es wegzumachen.

El Limbo ist groß, es passen viele Leute rein. Manche tragen Augenmasken wegen des Karnevals, andere Masken, die ihr ganzes Gesicht bedecken. Sie sind aus Plastik, aus Gummi, andere aus Karton mit Pailletten oder Federn. Es ist schwierig, zu wissen, wer wer ist, wie ihre Gesichter aussehen, wie sie dich anschauen. Emilias Gesicht ist unbedeckt. Ihre Haare sind schmutzig, die Schminke verlaufen, der Atem riecht nach Erbrochenem und Wein.

»Entschuldige das am Strand«, Emilia blickt mich peinlich berührt von der anderen Seite des Tisches an, »es ist Karneval, weißt du. Jedes Mal, wenn das Eins-zwei-drei irgendeines *candombe* erklingt, dann werde ich ein wenig verrückt im Kopf und ich bringe die Dinge durcheinander.«

Der Kellner bringt uns die Karte und empfiehlt ein paar Gerichte. Wir bestellen eine heiße Suppe für Emilia und eine Flasche Merlot für mich.

»Ich habe dir ja gesagt, ich dachte, du wärst jemand anderes, jemand, den ich vor langer Zeit kannte.«

Von hier aus kann man nicht das ganze El Limbo überblicken. Das Lokal ist sehr geräumig, es gibt viele Tische, Servierschränke und Vitrinen. Die Decke ist sehr hoch, so hoch, dass ich die Balken kaum sehen kann.

»Ich schaue mir dieses Lokal oft von der Straße aus durch das Fenster an«, sagt Emilia, »ich gucke mir diese Masken hier an der Wand an.«

An der Wand hängen italienische Masken, lange Nasen, betonte Augenbrauen, geschwindelte Schönheitsflecken. Eine ganze Galerie von Personen, die komplette Commedia dell'arte. Emilia erkundet von ihrem Platz aus mein Gesicht. Sie hat es schon auf dem Weg hierher getan.

»Könntest du einen Moment diese Brille abnehmen?«

Ich gehorche und ihre Gesichtszüge lösen sich auf. Ich sehe keine blauen Flecken mehr, ihre Augen schwellen ab. Ihre Haare hören auf, dreckig zu sein. Wenn ich mich anstrenge, dann kann ich sie mir sogar gelockt vorstellen, lang, in einzelnen Strähnen herabfallend.

»Du siehst jemandem, den ich kannte, sehr ähnlich. Einem Chilenen, so wie du, aus Santiago.«

Der Kellner bringt uns die Suppe und du, Emilia, schlürfst sie mit schnellen Schlucken. Ich schaue dir dabei zu. Es gibt Gesten, die können ein Bild verändern, und deine Art, die Suppe zu essen, ist eine davon. Du pustest mit Ungeduld, führst sie mit dem Löffel an deinen Mund, umspülst damit deinen Gaumen. Um uns herum essen die Leute Pasta oder Pizza. Sie lachen, unterhalten sich unter ihren Masken. Ich stelle mir vor, dass ich in einem großen Theater bin, die Szenerie eines Banketts irgendeines alten Stücks, eines, in dem viele Figuren mitspielen. Ich gehöre nicht zur Besetzung, jemand anderes tut es, aber auch nicht der, der ich früher einmal war, obwohl ich ihm noch ein wenig gleiche, dem, der vor vielen Jahren hier war, das hat mir Emilia gesagt. Habe ich mich so sehr verändert, dass du mich nicht mehr erkennst?

»Wer bist du? Was machst du hier? Bist du verheiratet?«

»Ja, seit Kurzem, seit ein paar Tagen.«

Natürlich. Ich bin ein anderer. Wenn das ich wäre, dann könnte Emilia nicht vor mir sitzen, sie würde vor mir fliehen, wie am Strand, würde in tausend Stücke zerfallen. Das bin nicht ich, wir sind im Theater. Ich frage mich, wie die Gesichter der Leute aussehen, die unter ihren Masken essen. Ich suche ihre Augen jenseits dieser Löcher im Karton, hinter den Pailletten.

»Und du? Bist du verheiratet? Hast du Kinder? Erzähl mir von dir.«

Emilia hört auf zu essen. Sie antwortet nicht, starrt nur auf ihren Teller.

»Gehen wir irgendwohin, ja? In ein Hotel oder so was?«

»Ich dachte, wir würden uns ein wenig unterhalten, mehr nicht.«

Emilia lässt den Löffel los und ihn in die Suppe fallen. Dicke Tropfen Suppe spritzen aus dem Teller und beschmutzen die Tischdecke.

»Es ist Karneval, weißt du? Ich verdiene meinen Lebensunterhalt nicht mit Reden.«

Emilia steht auf. Ich ziehe ein Bündel zerknitterter Geldscheine aus meiner Tasche und lasse es auf dem Tisch liegen. Ein paar Scheine fallen auf den Boden, auf meine Schuhe.

»Geh nicht«, sage ich, »ich bezahle, so viel du willst.«

Emilia schaut mich an.

»Ich tue dir leid, oder? Niemand bezahlt mich fürs Reden.«

Emilia kehrt an den Tisch zurück, zum Suppenfleck. Sie nimmt eine Serviette und reibt ganz oft an ihm, mehr als nötig. Sie schiebt das weiße Tuch über die Tischdecke, über ihren Mund, ihre Beine und wieder über die Tischdecke, noch einmal über ihren Mund und ihre Beine.

»Dann lass uns reden«, sagt sie und hört auf zu reiben, »was machst du? Wie verdienst du dein Geld?«

»Ich bin Schriftsteller.«

»Verarsch mich nicht! Nimmst du mich auf den Arm?«

»Nein, das stimmt. Ich bin Schriftsteller.«

»Schriftsteller ... Guck mal, wie schön! Ich könnte dir eine Geschichte erzählen und zu Hause kannst du sie veröffentlichen.«

Emilia lächelt. Ich erkenne diese Grimasse wieder.

»Das sind die Personen«, sie zeigt auf ein paar Masken an der Wand, »Harlekin, Pantalone und die Liebenden. Was sagst du?«

Die Masken schauen mich von der Wand aus an. Harlekin hat das Gesicht eines Teufels, ein Paar kleine Hörner wachsen ihm aus der Stirn. Pantalone ist ein Vogel, seine Nase ist der gekrümmte Schnabel eines Raubvogels oder eines Raben. Die Liebenden benutzen keine Masken, sie sind die Einzigen, deren Gesichter unbedeckt sind. Ihre Gesichter hängen nicht an der Wand. Wo sind sie?

»Pantalone hält die Liebende in seinem Haus gefangen. Er ist ihr Vormund und lässt sie nicht aus dem Haus gehen. Sie leidet sehr, denn sie ist unsterblich in einen Jüngling verliebt, den sie nicht sehen darf. Der Jüngling heißt Fabrizio.«

Ich habe mir dieses Gespräch so oft vorgestellt, habe es mir ausgemalt und versucht, mir das schönste Szenario vorzustellen, die besten Sätze, aber nie habe ich an die Commedia dell'arte gedacht. Ebenso wenig an diese Trattoria.

»Harlekin ist Pantalones Diener«, erklärt Emilia mir, »er weiß von der Liebe, die die Liebende für Fabrizio fühlt, denn durch ihn lässt ihr unbekannter Kavalier sie um ein nächtliches Treffen bitten. Aber da Harlekin ein Halunke ist, überbringt er die Nachricht nicht, sondern entschließt sich, selbst hinzugehen und sich als Fabrizio auszugeben.

»Erkennt sie ihn nicht?«

»Sie hat Fabrizio nur einmal gesehen, vor langer Zeit. Da kann es passieren, dass sie ein wenig verrückt wird und ihn verwechselt, glaubst du nicht?«

Die Masken schauen mich von der Wand aus an. Ihre Augenlöcher, ihre Nasen sind auf mich gerichtet. Wenn nicht ich es bin, der hier ist, wo bin ich dann?

»So vergingen viele Treffen. Bis sie eines Tages des Morgens ihrem Geliebten eine neue Nachricht schickt: Diese Nacht würden sie ihr letztes Treffen in Gefangenschaft haben. Sie möchte ihn bei Tageslicht sehen, sie ist fest entschlossen zu fliehen, dort hinzugehen, wohin auch immer er sie mitnehmen möchte. Harlekin, der Fabrizio ist, zumindest der Fabrizio, den sie in der Dunkelheit jede Nacht sieht, weiß, dass die Liebende nicht von hier weggehen darf. Bei Tageslicht, weit entfernt von Pantalones Haus, würde sie ihn erkennen und ihre leidenschaftlichen Nächte würden aufhören. Die Liebende muss für immer eingesperrt bleiben, damit sie für immer sein ist, jede einzelne Nacht ihres Lebens.«

»Und was hat er gemacht?«

»Frag ihn!«

Emilia beginnt, wieder zu lächeln. Harlekin schaut mich an, ich bin mir sicher, aber wen sieht er?

»Als die Nacht anbricht, erscheint Harlekin wie immer unter dem Balkon. Sie erwartet ihn nervös. Des Morgens, so denkt sie, könnte sie ihm endlich ins Gesicht schauen. Aber Harlekin, verkleidet als Fabrizio, spricht zuerst, bevor er eintritt: ›Ich gehe morgen. Ich kann nicht länger bleiben, ich muss nach Hause zurückkehren.‹«

Emilias Gesicht verzerrt sich in ihrem Glas, ein neues Gesicht in dieser Szene. Das Bankett, das Theater, die Augenmasken, Emilia im Glas und Harlekin starrt mich an.

»Harlekin stieg aus dem Fenster und verließ sie. Seither öffnete sie jedem die Tür, wer auch immer an das Fenster ihres Balkons klopfte, in der geheimen Hoffnung, dass es Fabrizio wäre, der zurückkehrt. Das Gerücht verbreitete sich und Tausende Männer durchliefen ihr Zimmer. Fabrizio aber tauchte nie mehr auf.«

Der Kellner bringt einen Teller Pasta an den Nebentisch. Mit einer Schulter streift er die Harlekinmaske.

»Und Harlekin?«

»Er wollte als Fabrizio verkleidet zurückkehren, aber dieses Mal sah sie in ihm nur Harlekin und öffnete nicht die Tür.«

Emilia gießt noch mehr Wein in ihr Glas. Sie nimmt erneut einen Schluck, verzerrt sich wieder im Glas, Spiegelungen ihres Gesichts.

»Und die Geliebte? Was wurde aus ihr?«

»Sie wurde eine Nutte.«

Emilia blickt mir in die Augen. Sie lächelt nicht.

»Hat dir das gefallen? Das war eine gute Geschichte, oder?«

Ich nehme mein eigenes Glas und trinke daraus. Harlekin an der Wand wackelt immer noch, beruhigt sich nicht, schwankt von einer Seite zur anderen.

»Harlekin war verliebt«, sage ich.

»Harlekin ist ein Schalk. Er verliebt sich nicht.«

»Das Ende gefällt mir nicht.«

»Das tut mir leid. Da kannst du nichts machen. Das ist das Ende.«

Emilia starrt mich an. Sie senkt den Vorhang, beendet das Werk, das Bankett ist zu Ende. Ich weiß nicht mehr, wer ich bin, aber ich weiß wohl, dass Emilia mich ansieht, die Emilia von heute, die neue Emilia, die, die mir am Tisch gegenübersitzt. Ihre Augen durchdringen mich wie die leeren Löcher dieser ledernen Masken.

»Scheiße, Emilia, ich wollte nicht, dass das so endet.«

Emilias Gesicht verzerrt sich. Ich kehre zu Fragmenten zurück, zu einzelnen Stücken. Ich trinke in einem Zug mein Glas aus, mein Ende verschwimmt in einem Schluck Rotwein.

»Lass mich frei, ein für alle Mal. Vergiss mich!«

Eine weitere schwarze Träne rinnt über Emilias Gesicht. Sie fällt in die restliche Suppe und löst sich darin auf, verschwindet. Das war nicht das, was ich geplant hatte. Mein Schlusspunkt erlischt, kehrt nach innen zurück, ich fühle ihn in meinen Magen fallen. Ich trinke den Rest der Flasche leer, um den Schlusspunkt hinunterzuspülen, er wankt, wird trunken. Es wird keine andere Gelegenheit geben, es ist die letzte Nacht, es wird keinen Karneval mehr geben, keine *llamadas*.

Ich gehe zur Kasse und bezahle, ohne zurückzublicken. Ich bekomme die Quittung, das Rückgeld, gehe zur Tür und verlasse El Limbo, die Straße, die Nacht. Eins-zwei-drei, der *candombe* ist noch ein paar Häuserblocks weiter schwach zu hören, während ich gehe. Die verkleideten Schwarzen müssen dort noch auf den Ramblas tanzen. Emilia verlässt die Trattoria, ich erahne ihr unscharfes Bild, das auf die Straße zurückkehrt. Sie entfernt sich. Ich kann ihre Beine sehen, etwas von ihrem Haar, einen Fetzen ihres schmutzigen Mundes. Emilia zerfällt, Teilchen, Staub von

Emilia. In der Ferne verabschiedet sich die letzte Tanzgruppe von ihren Trommeln. Die Party geht zu Ende, Emilia, und du gehst mit. Ende des Karnevals.

Das Brot steckt im Toaster. Aus der Küche riecht es nach Kaffee, Milchkaffee, eine Stange Zimt, zwei Löffel Zucker. Die Sonne bricht durch das Fenster herein, die Uhr, die Dusche, nasses Haar, die Seele steckt wieder im Körper.
»Wie lief es?«
Magda macht die Anlage aus, die Trommeln verstummen. Magdas sauberes Gesicht, das glänzende Spiegelbild meines Gesichts in ihren Augen, das bin ich. Die Linie der Straße hat mich zurückgebracht, der Text des Abspanns läuft über die Leinwand.

Ich kehre an den Anfang zurück und lese *EMILIA*, so, in Großbuchstaben. Ich gehe alles noch einmal durch, die *llamada*, die Trattoria, den Karneval. Ich ändere ein paar Sätze, korrigiere ein paar Kommas.
»Bist du fertig?«
Ich beginne den letzten Absatz. Ein weißer Milchbart rahmt Magdas Mund. Das nasse Haar befeuchtet ihre Wangen, Wassertropfen fallen von ihrer Stirn. Ein abschließender Punkt fließt sanft und präzise aus meinem Bauch heraus und kommt ein wenig betrunken an der Spitze meines Zeigefingers an. Es ist ein dicker Punkt, entschieden, wie eine schwarze Träne in einem heißen Teller Suppe. Er drückt die Taste, auf der sein Zeichen steht, und ich sehe, wie er sich an das Ende dieser Zeilen setzt.

Der Himmel

Zum Himmel, so heißt der Laden. Dort gibt es Spirituosen in allen Preislagen und Geschmacksrichtungen. Lang gezogene Flaschen in besonderen Farben mit fremdsprachigen Etiketten. Sie haben dort Arak, einen guten Meskal, Vodka Moskovskaya und sogar ein paar Flaschen Sliwowitz. Am Anfang war es nur ein kleiner Kiosk, die Garage eines Hauses, ein angebauter Raum. Heute ist er richtig groß, wie der Himmel.

»Weißwein, bitte«, sage ich zum Besitzer.

Bevor er mir nichts empfiehlt, komme ich ihm zuvor und zeige auf die Flaschen auf dem oberen Regalboden, links, neben ein paar Flaschen Merlot Jahrgang '90.

»Die sind gut, Señorita, aber auch sehr teuer.«

»Geben Sie mir fünf davon.«

Ich liebe Wein. Den weißen. Ich liebe es, eine Flasche zu öffnen und, wenn sie entkorkt ist, sein Aroma bereits am Flaschenhals einzusaugen. Nichts ist so gut wie das Bouquet eines guten Weines.

»Darf es noch etwas sein?«

Ich habe bereits viele Flaschen entkorkt. Ich habe sie atmen lassen, sie verschüttet und auf den Boden erbrochen. Ich nehme meine Einkäufe und gehe hinaus. Hinkend ist das schwierig. Es ist nicht leicht, den Himmel zu verlassen, wenn man sich auf eine Krücke stützen und fünf Flaschen Wein tragen muss.

501 lese ich an der Wohnungstür. Ich habe mich nicht geirrt, diese Tür müsste sich öffnen. Ich drehe den Schlüssel im Schloss und drücke fest mit meiner Krücke gegen die Tür. Sie gibt nach. Hier drinnen ist alles dunkel. Ich mache Licht an – die Glühbirne baumelt tief von der Decke – und blicke auf kahle Wände, Schimmel, ein bisschen Moos, eine Matratze auf dem Boden, ein großes Fenster, mit Zeitungspapier abgedeckt. Dort unten, auf der Straße, zieht eine Kartonagensammlerin ihren Karren hinter sich her und liest Müll auf. Die Alte ist mir vom Himmel aus gefolgt. Ich habe das Geräusch ihres Wägelchens hinter mir gehört und nun ist sie da draußen und beobachtet mich. In einer Ecke ein Telefon. Ich reiße das Kabel aus der Dose. Ich gehe durch die Zimmer, den Flur, das Bad. Mit meinem Taschenmesser schneide ich mir die Haare. Eine Strähne nach der anderen fällt in das Waschbecken. Ich sehe mein Gesicht im Spiegel. So viele Blutergüsse, so viele Kratzer, unter all dem bin ich. Ein Tropfen Blut fällt in das Waschbecken, rinnt langsam hinab, wird im Abfluss landen. Ein weiterer Tropfen fällt hinein und nimmt denselben Weg. Ich weiß nicht, woher sie kommen. Man sagte mir, dass sich ein paar Glassplitter nach einer Weile von allein aus der Kopfhaut lösen werden. Aber auf meinem Kopf sind weder Kristalle noch Blut zu sehen. Ich schaue auf meine rechte Hand und entdecke eine neue Schnittwunde. Ohne es zu wollen, habe ich mich an der Messerklinge geschnitten. Das Blut quillt heraus, fließt über meinen Arm und tropft in das Waschbecken. Es verfärbt die Haarsträhnen, die ich mir abgeschnitten habe. Das Blut fließt sämig und zäh, wie ein dicker Tropfen Wein. Ich mag Wein, aber nur den weißen. Nichts geht über einen Schluck, der sich langsam im

Körper verteilt. Man verkostet den ersten Zug, fühlt, wie er durch den Hals rinnt, sich überall breitmacht, bis er im Kopf angelangt. Der Blick trübt sich, eine liebliche Wärme ermächtigt sich deiner und dann gehst du. Du vergisst, bist ein Bündel auf einer alten Matratze in einer leeren Wohnung. Ich könnte Tage damit verbringen, Flaschen zu entkorken. Ich glaube, das habe ich sogar schon gemacht.

Das Lüftungsgitter an der Wand weint. Ein metallenes Gitter, alt und kreischend, beklagt sich mit schrillem Weinen, das in meinem Kopf widerhallt, kreischt mit seiner oxidierten Eisenstimme. Ich ertrage Geheule nicht, weder meines noch das von anderen. Als ob das ganze Viertel Totenwache hält, voll weinender Witwen, professioneller Heulsusen und Tränen Vortäuschender, so klingt das Gitter. Ich weiß, es ist das Lüftungsgitter. Es ist nicht die Matratze, nicht die Flaschen, nicht der Korken, der direkt davor liegt und das Wehklagen viel lauter hören muss als ich. Aber er ist sehr klein und ein Korken weint nicht so, so erbärmlich. Heuchlerisches Gitter. Ein kleiner Glassplitter, der zwischen den Augen brennt.

»Pst ...«

Es hört mich nicht. Vier Schrauben halten es an der Wand fest und verhindern jede Bewegung. Vielleicht weint es, weil es fliehen möchte, weil es eine Runde spazieren gehen möchte. Es weiß nicht, dass da draußen schon nichts mehr ist, dass es viel besser ist, hier drin zu sein, mit einem guten Glas Wein in der Hand.

»Entschuldige bitte, dass ich dich geweckt habe ... Du bist die neue Nachbarin, oder? Ich habe dich heute einziehen sehen.«

Das Gitter spricht. Es hat eine Frauenstimme. Eine spitze Stimme, mit einem eigenwillig weinerlichen Ton.

»Ich warte auf jemanden und jedes Mal, wenn ich Schritte auf dem Flur höre, dann erwische ich mich dabei, wie ich aus dem Spion spähe. Dumm, nicht wahr?«

Die Decke über meinem Kopf dreht sich und das Gitter spricht mit mir.

»Ich bin auch neu hier. Schon seit einer Woche warte ich auf so einen Vollidioten, der mir versprochen hat, mich zu besuchen. Aber damit ist nun Schluss, morgen gehe ich. Eine Woche warten reicht doch, oder? Es reicht! Niemand kann sich derart verspäten.«

Es wird wieder weinen, ich weiß es.

»Ich konnte nicht länger warten. Ich halte es hier nicht aus, so allein.«

Die Stimme dröhnt zwischen den Wänden. Die ganze Wohnung beginnt, mit dem Gitter zu weinen, die Decke, der Boden, der Schimmel an den Wänden, die Türen, die verrosteten Türschlösser. Eine ganze Prozession, die hier drinnen heult.

Mara heißt sie. Sie hat an die Wohnungstür geklopft und sich vorgestellt. »Ich bin Mara, die Frau von nebenan«, sagte sie, während sie eintrat, um sich hier auf die Matratze zu setzen. Ich habe ihr ein wenig Wein angeboten und nun trinkt sie ihn. Ihre Augen sind geschwollen, rot, die Schminke zerlaufen. Auf der linken Wange hat sie eine dicke Narbe, die sie unablässig mit ihren Fingerspitzen betastet. Wulstige Haut auf der Höhe ihrer Lippen, es sieht aus wie eine Verbrennung.

»Es tut weh bei Kälte. Ich vermute, das werden wohl die Nerven sein. Bei Kälte, bei Angst ... Seit ich hier bin, hat es nicht aufgehört wehzutun. Sag, ist sie sehr rot?«

Die Narbe bewegt sich in ihrem Gesicht. Ein gewundener Wulst, der ihr die Haut abdrückt, sie einklemmt, damit sie nicht auseinanderfällt. Ein roter Wirbel, der sich durch ihr Gesicht zieht. Nein, schüttle ich den Kopf.

»Es ist nur, weil ich Kosmetikerin bin. Ich vollbringe wahre Wunder mit Narben, aber mit der hier ist es so schwierig. Ich versuche, sie mit Puder abzudecken. Mit diesem hier. Tadeo mag den Geruch.«

Es riecht nach Blumen, nach Beileidskarte, nach Friedhofssatzung.

»Er ist sehr sanft, er reizt die Haut nicht.«

Mara sieht mich an. Sie betrachtet mein Gesicht, die Wunde auf meiner Stirn, die Kratzer, die blauen Flecken.

»Ich könnte etwas für dich tun. Ich könnte deine Haare richten. Ich habe ein wenig Ahnung vom Frisieren.«

Mit ihrer rechten Hand berührt sie meinen geschorenen Kopf.

»Das hast du selbst gemacht, oder? Ich schneide mir die Haare auch selbst. Am Anfang konnte ich das auch noch nicht so gut, aber nach einer Weile habe ich dem ganzen Viertel die Haare geschnitten. Jetzt schneide ich mir die Spitzen, mehr nicht. Tadeo mag es, wenn meine Haare lang sind.«

Mara unterbricht sich und trinkt aus ihrem Glas.

»Warum er wohl nicht gekommen ist? Seit einer Woche lässt er mich in dieser Scheißwohnung warten. Da drüben raschelt es. Am ersten Tag dachte ich, es seien Ratten, aber ich war mir nicht sicher. Jetzt denke ich, dass es Geister sind, Seelen. Irgendein Toter, dem es einfiel zurückzukehren und sich hier einzunisten, um mich zu erschrecken.«

»Tote kehren nicht zurück«, sage ich.

»Trotzdem strafen sie, sie erschrecken.«

»Die Toten kehren nie zurück.«

Mara beobachtet mich. Einen Augenblick lang bleibt sie stumm, dann murmelt sie ein »Entschuldigung«, so langsam, als ob es eine formelle Geste gäbe, Dummheit zu entschuldigen.

»Bist du verheiratet?«, fragt sie. »Dieser Ring ist doch ein Ehering.«

»Nicht mehr.«

»So sind die Männer. Es ist unmöglich, ihnen zu vertrauen. Du endest immer allein.«

Mit ihren Fingerspitzen berührt sie meine verkratzte Stirn.

»Es war aber nicht er, der dir das angetan hat? Oder? Was ist passiert? Bist du hingefallen? Hattest du einen Unfall?«

Eine Naht auf dem Schädel.

»Du hattest einen Unfall.«

Die Stimme des Gitters klingt plötzlich so spitz und nervenaufreibend wie das Geheule. Ich leere die Flasche in einem Zug. Ich trinke, bis ich mich verschlucke.

»Die Wohnung nebenan gehört Tadeo. Ich weiß nicht, wo er sie herhat, aber es ist seine. Eines Tages kam er hier im Viertel an und sagte mir: ›Süße, ganz sicher, diesmal wirklich, ich verspreche es dir, diesmal wird alles anders.‹ Wir wollten von vorne anfangen, da drinnen.«

Ich erahne die bevorstehenden Schluchzer Maras.

»Er ging los, um Geld aufzutreiben. Das brauchten wir, um in Ruhe leben zu können. ›Warte auf mich, Süße, ich komme zurück, sobald ich kann. Ich werde mit so viel Geld zurückkommen, dass ich mich nie wieder in schmutzige Geschäfte verwickeln lassen muss. Wir werden einen Laden aufmachen, Süße, wir werden heiraten ...‹«

Sie tut es schon wieder, wie vorhin, ohne Ehrgefühl, ohne Scham.

»Aber er ist nie da, wenn man ihn braucht. Früher oder später verschwindet er immer. Ich habe die ganze Woche auf ihn gewartet. Ich habe so oft auf ihn gewartet. Warum kam er denn nicht? Scheiße! Ich hasse dieses Haus.«

Mara legt sich auf meinen Schoß, ohne dass ich es ihr angeboten hätte. Sie drückt ihre entzündete Narbe an mich und sagt, dass sie es nicht mehr aushalte, dass das alles zu viel sei. Sie weint und rotzt auf meine schmutzigen Hosen. Sie ist nicht fähig, diesen Knoten in ihrem Hals auszuhalten, ihn hinunterzuschlucken, ihn dahin zurückzuschicken, wo er herkam, bevor das Geheule losbricht. Ich bekomme Gänsehaut. Ich brauche ganz dringend ein Glas, aber die Flasche ist leer. Die Gitterfrau weint auf mir und ich weiß nicht, wohin ich meine Hände legen soll.

Ich hasse den Geruch von Veilchen. Danach riecht ihr Puder, nach einem schönen, perfekt zusammengesteckten Veilchenstrauß, in den sich grüne Blätter und die eine oder andere andersfarbige Blüte mischen. Beileid bekundende Blumen, die eine klare und konzise Nachricht in einem Briefumschlag begleiten. Den Geruch von Nelken, Rosen und Lilien hasse ich auch. Vor allem den von Lilien. Mara ist gegangen. Ihre Absätze wandern auf der anderen Seite der Wand umher, dort in ihrer Wohnung. Sie gehen zur eigenen Tür und verlassen die Wohnung. Sie hat ihren Puder mit Veilchenduft hier auf dem Boden liegen gelassen, neben der Matratze. Ich wachte auf und sah, dass sie dort an die Wand, neben das Lüftungsgitter, *Danke für den Wein* geschrieben hatte. Es sind rote und cremige Buchstaben, gezeichnet mit Rouge. Von draußen fallen ein paar Sonnenstrahlen durch die Risse der Tageszeitung, die das Fenster abdeckt, und enden direkt an dem Wort *Wein*. *Wein* ist ein wenig verzerrt. Ich brauche ein Glas. 502 lese ich auf Maras Tür, als ich hinausgehe. Am Türschloss hängt ein Schlüsselbund. Ich weiß nicht warum, aber ich bewahre ihn in meiner Tasche auf. Ich drücke den Knopf am Fahrstuhl und bevor ich das verrostete Gitter zuziehe, sehe ich die zwei Türen der Wohnungen vor mir. 501 und 502, eine neben der anderen.

Die Alka-Seltzer-Tablette fällt in den Wein und löst sich langsam auf. Tausende kleiner Bläschen steigen von der schäumenden Tablette auf. Champagner, Cava, kleine Kreise, die sich in der Flüssigkeit zu Wirbeln drehen. Winzige Ringlein, die sich auflösen, die im Zentrum meines Glases explodieren. Sie beschweren sich, schreien. Das Glas beginnt zu vibrieren, es wird jeden Moment zerbersten, in kleine Kristallsplitter, die durch die Luft fliegen.

»Willst du ein Bier?«

Ein Typ setzt sich neben mich an die Bar.

»Du magst Wein«, sagt er.

Ich kann seinen Blick auf mir spüren. Er betrachtet meine Haare, die Hämatome in meinem Gesicht. Und das einzige, was ich mache, ist, mit meinem Ring zu spielen.

»Drückt er? Meiner drückt auch manchmal. Deshalb ziehe ich ihn ab, wenn ich ausgehe.«

Ein weißer Streifen an seinem Ringfinger verrät einen abwesenden Ring.

»Bist du verheiratet? Willst du nicht reden?«

Ich ziehe den Metallring von meinem Finger und lasse ihn in mein Glas fallen. Noch eine Blase, die an die Glaswand schlägt und sich auf dem Boden festsaugt. Ich beobachte ihn durch das Glas, lese das Datum und die Initialen, die innen eingraviert sind. Ich schließe die Augen und mit einem einzigen Schluck trinke ich aus. Ich klopfe auf meine Brust, damit er hinabrutscht, damit er seinen Weg ins Innere nimmt. Ein metallener Geschmack bleibt auf meiner Zunge zurück. Mein Begleiter beobachtet mich mit offenem Mund und bietet mir nichts mehr an. Er nimmt einen Schluck Bier und geht.

Ein Geruch kann dich beerdigen. Ich habe Maras Schlüssel genommen und als ich die Tür öffnete, schlug mir ein zäher Gestank ins Gesicht. Ich erkenne ihn, ich habe ihn schon einmal gerochen. Ein süßlicher Geruch, klebrig. Er steigt in die Nase und bleibt darin haften, tief drin, tagelang, monatelang. Du duschst dich, duschst dich nicht, versuchst, ihn loszuwerden, scherst dir deine Haare, wirfst deine Kleidung weg, schließt dich in einer verlassenen Wohnung ein, um zu trinken, aber nichts. Ich dachte, ich wäre ihn losgeworden, aber er kehrt in dem Moment zurück, als ich diesen Ort betrete.

»Geh nicht zu nah ans Fenster, das kann gefährlich sein!«

Ein Häufchen am Boden spricht zu mir. Eine schwache, jammernde Stimme steigt von ihm auf. Ich erkenne keine Einzelheiten, alles ist dunkel.

»Sag mir, dass du nicht wütend bist. Ich wollte nicht so lange fortbleiben, die Dinge haben sich verkompliziert.

Auf jeden Fall habe ich den Koffer gebracht. Nimm ihn dir.«

Die Silhouette des Mannes zeichnet sich ein wenig ab. Er versucht, etwas in seiner Nähe zu greifen, aber während er das tut, jammert er, stößt einen lauten Schrei aus. Ich bleibe stehen. Der Lichtschalter vor mir. Ich bediene ihn. Eine Glühbirne geht an.

»Mach das Licht aus!«

Ich wusste es. Ich konnte Blut auf seinem Hemd sehen. Viel Blut.

»Mach das Licht aus! Sie dürfen nicht wissen, dass wir hier sind. Sie suchen mich.«

Ich gehorche. Seine Wunde ist viel größer als irgendeine von meinen.

»Ein Arzt«, sage ich.

»Du bist verrückt! Wie, meinst du denn, soll ich das hier erklären? ›Herr Doktor, ich habe keine Ahnung, wie die Kugel in meine Eingeweide gelangt ist‹ ... Entschuldige, ich konnte noch nie ein Versprechen halten. Wenigstens wird einer von uns beiden in den Genuss dieses Koffers kommen.«

Ein alter Koffer, einer von denen, wie sie Ärzte früher benutzten.

»Nimm ihn und geh. Ich will nicht, dass dir etwas passiert. Verschwinde von hier! Schnell!«

Ich taste mich an der Wand entlang, während ich vorwärtsgehe. Die Farbe blättert unter der Berührung meiner Finger von der Wand ab. Am Ende des Flurs, im letzten Zimmer, mache ich eine niedrig hängende Lampe an. Ich kann ein ungemachtes Bett sehen. Ich nehme die zerwühlten Bettlaken und schneide sie mit meinem Taschenmesser durch.

Ich habe schon viele Wunden gesehen, aber ich habe noch keine versorgt. Ich habe Blut gesehen, nicht nur mein eigenes. Fremdes Blut, so wie dieses hier, das auf dem Asphalt gerinnt, bis es nicht mehr ist als ein Fleck. Ich habe tiefe Schnitte gesehen, offenes Fleisch, von gekrümmtem Eisen zerfetzt, mit Glassplittern durchsetzt, durch scharfes Metall und Blech abgetrennt. Ich habe verbrannte Haut gesehen, schwarz von Ruß und Feuer, entstellte Gesichter, zerstörte Körper. Die Kugel, die mitten in seinem Körper steckt, dieses Blut, beeindruckt mich wenig.

»Lass!«, sagt der Mann. »Verliere keine Zeit mehr und geh!«

Ich habe zwei Kerzen angezündet, die ich im hinteren Zimmer gefunden habe. Ich habe sie neben die Stoffstreifen und neben eine Waschschüssel mit blutigem Wasser gestellt. Ich versuche, alles zu reinigen, aber das ist schwierig. Ich stecke meinen kleinen Finger in die Wunde. Ich kann die Kugel berühren. Erneut quillt das Blut hervor, es ist, als ob es nie aufgehört hätte zu fließen. Der Geruch hängt immer noch schwer in der Luft. Ich brauche mehr Wasser, noch mehr saubere Stoffstreifen. Ich nehme die Waschschüssel und gehe ins Bad. Das ist schwierig ohne die Krücke.

»Hinkst du?«

Ich schütte das blutgetränkte Wasser in das Waschbecken.

»Was ist passiert? Sie sind doch nicht etwa gekommen, oder? Haben sie dir etwas getan?«

Ein roter Wirbel fließt durch die Öffnung des Abflusses und wieder fällt mir diese Geschichte ein. Sie hat sich mir eingebrannt, wie diese Glasscherben. Ein Hase und eine Schildkröte entschließen sich, ein Wettrennen zu machen.

Der Hase ist sich der Langsamkeit der Schildkröte so sicher, dass er lieber noch eine Runde schläft, bevor er zu rennen beginnt. Stunden vergehen und der Hase wacht nicht auf, er träumt einfach weiter. Als er endlich die Augen öffnet, läuft er bis zum Ziel und stellt fest, dass die Schildkröte schon da ist. Der Hase kann es nicht glauben. Die Schildkröte geht zum Hasen und sagt ihm etwas.
»Mara!«
Was sagt sie ihm? Das Blut dreht sich immer noch in der Öffnung des Ausgusses. Ich betrachte mein Gesicht und ein Sprung im Glas des Spiegels fällt mit meiner linken Wange zusammen. Es sieht aus wie eine Schraube, wie ein Strudel, wie eine frische Narbe. Eine fremde Verbrennung auf meinem Gesicht.

Scheiß Alte. Die ganze Nacht hat sie da unten mit ihrem Wägelchen verbracht. Sie durchsucht den Müll, zieht Kartons, Flaschen, Papier heraus, wickelt Essensreste ein, mischt sie mit anderen, verpackt sie wieder mit anderen Resten. Haufen über Haufen auf ihrem Holzkarren. Sie läuft von einer Straßenseite zur anderen, lässt die Räder über den Asphalt rattern. Alte Schwarze aus Dreck, gemacht aus vielen schwarzen Röcken, aus vielen schwarzen Stoffresten, Rock über Rock. Abfall und Müll zwischen ihren Stoffen.
»Das sind sie, Mara. Geh doch endlich!«
Unglücksrabe.
»Das ist eine Alte. Eine Kartonagensammlerin, die mit ihrem Wagen herumstreunt«, sage ich.
Dieser Mann wird sterben. Ich habe diesen Ausdruck schon gesehen, ich kann ihn wiedererkennen. Er weiß es nicht, aber er wird sterben, da kann man nichts machen.

Ich kann ihn da liegen sehen, zwischen den zwei Kerzen, unbeweglich, sein Gesicht kaum erhellt.

»Es gibt da etwas, das ich dir zeigen möchte«, sagt er, »es ist im Koffer.«

Eine kleine Schachtel ist darin, zwischen vielen Geldscheinen. Ich öffne sie und erblicke einen Ring, einen vergoldeten Metallring. Ich glaube, innen drin steht etwas.

»Ich habe ihn besorgt, bevor das alles hier passiert ist. Man könnte meinen, wir wollten einmal alles richtig machen, oder? Steck ihn an, bitte.«

Ich schiebe den Ring über meinen Ringfinger. Erneut bedeckt ein Metallring die weiße Stelle.

»Passt er?«

Er passt perfekt. Die Alte da unten bewegt ihren Wagen. Ein wenig Licht fällt durch den Vorhang. Sehr wenig, und so kann ich das Gesicht des verängstigten Mannes sehen. Vielleicht sollte ich ihn kämmen. Er krümmt sich und sein Gesicht verzieht sich zu einer schmerzverzerrten Grimasse. Erneut beginnt sich sein Hemd rot zu färben. Es hört nie auf. Vielleicht sollte ich ihm die Wangen waschen, die Kleidung wechseln. Es ist nicht gut, dass die Alte da draußen herumstreunt, während er hier liegt, ganz schmutzig, stinkend.

»Ich gehe in die Wohnung nebenan«, sage ich, »ich kenne die Frau, die dort wohnt. Sie hat was gegen die Schmerzen.«

Ich komme mit der Flasche zurück. Der Korken gleitet mühelos heraus, ohne Widerstand. Der Wein läuft über seine Mundwinkel, fließt über seinen Hals, sein schmutziges Hemd, über seine Wunde. Der Alkohol müsste brennen auf seiner Brust, aber so ist es nicht. Der Wein beruhigt, betäubt ihn. Ich betrachte sein erleichtertes Gesicht, das sich für einen Moment zu entspannen scheint.

Vor mir stehen drei verschlossene Flaschen. Ich bin aus Maras Wohnung geflohen, ich habe diesen schlafenden Mann dort liegen lassen, um eine aufzumachen, aber ich weiß nicht, mit welcher ich anfangen soll. Ich wähle die ganz links. Es wäre schön, wenn die Flasche kälter wäre, mit Wasserperlen, die am Glas herabtropfen. Es ist ein Chardonnay, gute Traube, gutes Jahr. Ich rieche an der Flasche, atme das sich entfaltende Bouquet ein und nehme einen ersten Schluck. Ich lasse ihn langsam in meinen Mund laufen. Ich mag es, den Wein lange zu kosten, sodass er meine Zunge und meinen Gaumen umschmeichelt. *Danke für den Wein.* Ich lese die mit Rouge geschriebenen Worte an der Wand. Der Wein öffnet meinen Hals, ich fühle, wie er hinabfließt, an meiner Brust ankommt, sich in meinen Magen ergießt. Ich fühle ihn in mir drin, er zwingt sich jedem weiteren Schluck auf, rutscht hinab, zeichnet sich ab, explodiert im Zentrum meines Körpers und fordert noch ein bisschen. Immer noch ein bisschen mehr. Er fließt ohne Unterlass, ohne Luftholen, wie eine Schildkröte, die versucht, einen Hasen zu fangen. Ein Schluck nach dem nächsten, bis man den Boden der Flasche sieht. Zum Ziel kommen und mit dem Glas fertig sein, mit der Flasche, mit allem.

»Ist da jemand? Sie sind Maras Nachbarin, oder? Ist sie bei Ihnen?«

Mir ist übel.

»Ich wollte Sie um einen Gefallen bitten. Ich kann nicht so lange warten. Ich habe noch etwas, das Mara gehört, und ich wollte es an einem sicheren Ort lassen, falls sie es abholen kommt ... Sagen Sie ihr, dass es mir leidtut, dass ich nicht wollte, dass die Dinge so enden.«

Ich muss das nicht tun. Ich reiße mich zusammen, atme tief ein, aber ich kann es nicht verhindern. Mein Magen verkrampft sich.

»Ist da jemand? Hören Sie mir zu?«

Der Mann atmet schwer, er keucht, jammert und weint. Ich stehe neben dem Gitter und höre ihm zu und obwohl ich versuche, es nicht zu tun, erbreche ich mich gegen die Wand.

Maras Puder bedeckt mein Gesicht. Er versteckt meine Narben, bedeckt meine Blutergüsse. Mit dem Zeigefinger kratze ich ein wenig Rouge von der Wand und schmiere es mir auf die Lippen. Das Wort Wein verläuft, um mir die Lippen zu bemalen. Ich betrachte mich im Spiegel. Wenn ich mir nicht die Haare geschnitten hätte, wenn ich einen kleinen roten Wirbel auf meiner linken Wange hätte, wenn ich mich dazu entschließen würde, diesen Knoten zu lösen, zu weinen, bis die Augen sich röten ... Ich lasse meine Krücke in der Badewanne zurück und versuche, mein Hinken zu verstecken, aber das ist schwierig. Meine Hände sind schmutzig, mein Atem riecht nach Erbrochenem. Ich lasse das Wasser laufen, während ich versuche, mich zu waschen. Ich werde diesen verfluchten Geruch loswerden, ich schwöre es. Wenn nicht jetzt, dann nie.

»Bist du das, Mara?«

Ich betrete die 502 und sehe ihn auf dem Boden liegen. Seine Lippen bewegen sich unmerklich, er kann kaum die Worte formen.

»Die Frau von nebenan, kann man ihr vertrauen? Nimm den Koffer und verstecke dich bei ihr in der Wohnung.«

Ich nähere mich langsam. Ich versuche, nicht zu hinken. Ich versuche, die Wunde zu sehen, aber die Kerzen gehen bereits aus. Ich stecke den Finger hinein und suche die Kugel. Aber ich finde sie nicht. Der Körper dieses Mannes hat sie verschluckt.

»Ist noch mehr Wein da? Das tut weh.«

Ich ziehe die Flasche heran und schenke ihm ein Glas ein.

»Ein gutes Mittel, das sie dir da gegeben haben. Willst du nicht probieren?«

Ich rieche den Wein. Ich atme tief ein, um das Aroma einzusaugen, damit es diesen süßen und zähen Muff vertreibt, der mich umgibt.

»Ich sterbe. Süße, ich habe Angst. Ich hätte nie gedacht, dass das so sein würde. Ich habe mir vorgestellt, dass ich alt sein würde, in meinem Bett liegend, mit dir an meiner Seite, mit meinen Kindern, meinen Enkeln. Ich weiß, das ist dumm, aber so dachte ich ... Ich wollte, dass es so geschehen würde. Sag mir, dass du mir verzeihst.«

Ich weiß nicht, was ich sagen soll.

»Ist schon gut, du brauchst nichts zu sagen. Nicht einmal so würde ich in den Himmel kommen. Der Heilige Petrus würde mich mit einem Fußtritt hinausjagen nach allem, was ich gemacht habe.«

»Zum Himmel«, sage ich, »so heißt der Laden an der Ecke. Dort gibt es Spirituosen in allen Preislagen und Geschmacksrichtungen.«

»Zum Himmel?«

»Die Frau von nebenan hat dort ein paar Flaschen Weißwein gekauft. Ich habe sie begleitet.«

Tadeo lächelt schwach.

»Ihr habt euch angefreundet.«

»Seit Tagen wird sie von einer Alten verfolgt, einer Trödlerin.«

»Ich weiß, wen du meinst. Sie lungert da unten herum. Sie hat mich angestarrt, als ich ins Haus ging.«

»Die Frau von nebenan hat Angst vor der Alten – scheiß Alte!«

Der Wagen der Alten bewegt sich da unten. Metallräder, die sich auf dem Asphalt drehen. Sie bleibt nicht stehen, spaziert und schleicht herum, sie überwacht mich. Das ist meine Gelegenheit, um den Geruch des Todes ein für alle Mal zu beerdigen. Ich leere das Weinglas in einem Zug. Der Wettlauf beginnt von Neuem, ich muss mich beeilen.

»Eine Schildkröte und ein Hase wollen einen Wettlauf machen«, sage ich, »der Hase ist sich der Langsamkeit der Schildkröte so sicher, dass er sich lieber noch einen Moment schlafen legt, bevor er zu laufen beginnt. Stunden vergehen, aber der Hase wacht nicht auf. Als er die Augen öffnet, springt er auf und läuft schnell zum Ziel. Als er es erreicht, bemerkt er, dass die Schildkröte längst angekommen ist. Der Hase kann es nicht glauben. Die Schildkröte kommt näher und sagt etwas zu ihm ...«

Ich wollte nicht so plötzlich bremsen, wollte nicht mit quietschenden Reifen über den Asphalt rutschen, aber weiter weiß ich nicht, ehrlich, ich kann nicht weitererzählen.

»Und was sagt sie ihm?«, fragt mich Tadeo. »Hat man dir das Ende des Märchens nicht erzählt?«

Die Windschutzscheibe zerbirst, explodiert, wieder fliegen Glassplitter durch die Luft. Metall verbiegt sich, Schreie, Sirenen.

»Es ist etwas passiert. Der, der mir die Geschichte erzählt hat, konnte nicht zu Ende erzählen.«

Wieder der Kopf, er schmerzt ein bisschen.

»Und du?«, es ist der einzige Weg, um weiterzumachen, ich habe keine andere Wahl.

»Ja?«

»Kennst du das Ende?«

Ich frage ihn. Er lacht sanft, ganz langsam. Dann nimmt er meine Hand und es scheint mir, als ob er mich sieht, als ob er diesmal ohne Probleme zu Ende erzählen würde, ohne dass ihn etwas überraschen könnte. Ohne quietschende Reifen, ohne Krankenwagensirenen, ohne Schreie, ohne Weinen, ohne Glassplitter, einfach nur wie jemand, der die Geschichte beendet, die er zu erzählen begonnen hat.

»»Es ist vorbei««, sagt er, »»das ist das Ende‹, das sagt die Schildkröte.«

Ich habe mir so viele Möglichkeiten ausgemalt, aber niemals diese. »Es ist vorbei.« Vielleicht hat sie ihm genau das gesagt.

»Dieser Duft.«

Tadeo schließt die Augen und riecht an meiner gepuderten Haut.

»Das ist dein Veilchenpuder. Ich hatte Angst, dass ich diesen Duft nie wieder würde riechen können.«

Jetzt versucht er, meine Wange zu berühren. Er fährt mir mit seinen Fingern über das ganze Gesicht, betastet es vorsichtig. Er sucht die einzige Narbe, die ich nicht habe. Er findet sie nicht.

»Bist du das, Mara?«

Der Mann zieht seine Hand zurück. Schnell, mit der wenigen Energie, die ihm bleibt.

»Wer bist du?«

Ich fühle, wie sich ein Glassplitter aus meiner Kopfhaut nach oben drückt. Aber es ist nur das, ein Gefühl. Ich fasse hin und da ist nichts. Sie sind noch alle unter der Haut.

Diesmal wird es keine Überraschungen geben. Der Hase wird zuerst ankommen und dann erst die Schildkröte, so wie es sein soll. Es ist alles vorbereitet. Du liegst auf dem Boden zwischen den zwei Kerzen, die langsam niederbrennen, und ich habe dein Gesicht und deine Brust gewaschen. Ich habe dir das schmutzige Hemd ausgezogen und dir die Haare gekämmt. Ich habe dir das Gesicht gepudert, mit diesem Puder, der nach Blumen riecht. Du siehst gut aus. Weniger ausgezehrt, nicht so blass. Diesmal wird uns keiner unvorbereitet treffen. Wir sind bereit, »das ist das Ende«, diesmal weiß ich es. Du weißt das auch, aber du schaust mich kaum an, atmest schwer und es ist, als ob dich dein ganzer Körper schmerzte, als ob du erneut nicht darauf vorbereitet wärst. Ich möchte nicht diese Grimasse schminken. Ich würde es vorziehen, auf einem friedlichen Lächeln zu arbeiten. Unten geht die Alte ein ums andere Mal vorbei. Ich habe sie durch das Fenster gesehen. Sie schleicht um das Gebäude, auf der Suche nach Abfällen. Sie macht keine Pause, wie eine Schnecke spaziert sie mit ihrem Wagen als Häuschen auf dem Rücken, wie eine Schildkröte. Sie will uns überraschen, aber ich weiß, dass sie da unten ist, dass sie schon seit einer Weile da ist und deshalb halte ich alles bereit.

Ein Auto bremst und hält direkt vor dem Gebäude. Es ist ein Lieferwagen, drei Kerle steigen aus und bleiben vor dem Eingang unten stehen. Sie klopfen mit lauten Schlägen an die Tür, die bis hier oben widerhallen.

»Das sind sie«, haucht er.

Sicher sind sie das. Ich weiß nicht wer. Abgesandte der Alten, Kinder ihres Wagens voller Dreck, Ratten aus der Kloake. Sie. Ich gehe dorthin, wo Tadeo liegt und nehme ihn bei den Schultern. Groß ist sein Körper, der mit dem ersten Licht des Tages viel besser zur Geltung kommt. Ich schleife ihn so gut ich kann bis zur Tür und ziehe ihn aus dieser vergammelten Wohnung heraus. Wir verstecken uns in der 501. Flaschen auf dem Boden, der Geruch von verschüttetem Wein auf den Dielen.

»Der Koffer ...«

Die Typen sind bereits ins Gebäude eingedrungen. Ihre Schritte hallen durch die Flure. Ich höre den Aufzug, der nach oben fährt. Er quietscht und knarrt seit dem Moment, in dem er losgefahren ist.

»Der Koffer! Lass nicht zu, dass sie ihn finden!«

Die bittere Grimasse, das Gesicht des Schmerzes. Sei nicht so, du musst ruhig sein, friedlich, lächelnd. Ich gehe raus und renne so schnell ich kann. Ich vergesse zu hinken, den Schmerz, die Wunden und renne schnell, ohne einen Vorsprung zu gewähren, wie ein Hase, der mit voller Geschwindigkeit versucht, ins Ziel zu gelangen. Ich betrete erneut Maras Wohnung, greife den Koffer und laufe in unser Versteck in der 501 zurück. Ich schaffe es, die Tür zuzumachen, bevor sie mich sehen.

»Mach auf, Scheiße!«

Voller Wut klopfen sie an Maras Tür. Ich schaue ihnen durch den Türspion zu. Sie sind zu dritt. Sie ähneln sich alle, dreckig wie ihre Mutter, dunkle Augen, unrasiert. Einer hat einen dicken Ring an seiner linken Hand, einen schwarzen Stein, mit dem er gegen die Holztür von nebenan klopft.

Eins und zwei, ohne Unterlass, harte, trockene Schläge. Jetzt reden sie und laufen auf dem Flur auf und ab. Ich kann ihre Stimmen, ihre Schritte hören. Ich wische das Rouge von meinem Mund, wische den Veilchenpuder von meinem Gesicht und nehme die Flasche Wein, die hier auf dem Boden zurückgeblieben ist. Ich lege zuerst die Türkette an, bevor ich die Tür einen Spaltbreit öffne.

»Mara?«

Ich schüttle den Kopf und zeige auf die Tür nebenan, auf die, an die sie geklopft haben. Die Kerle gucken sich an und einer von ihnen gibt ihr einen Tritt, der sie aus den Angeln hebt. Sie stürmen sich gegenseitig anrempelnd hinein. Sie durchsuchen alles, rufen, treten Dinge durch die Wohnung, gehen wieder hinaus, Ich höre sie durch den Lüftungsschacht.

»Da ist niemand«, sagen sie zu mir, aber ich sehe sie nur an und nehme einen großen Schluck aus der Flasche.

»Jedes Mal, wenn ich jemanden höre, gehe ich hin und spähe durch den Spion. Dumm, nicht wahr?«

Die Typen gucken sich wieder an.

»Da drüben raschelt es. Am ersten Tag dachte ich, das seien Ratten. Mittlerweile denke ich, dass das Geister sind, Seelen. Irgendein Toter, der auf die Idee kam, zurückzukehren.«

Die Ratten gucken sich untereinander an. Sie versichern sich der Wohnungsnummer, erforschen mein Gesicht, ein Stück meines Körpers.

»Die ist besoffen«, sagt einer.

Sie warten nicht lange und lassen mich in Ruhe. Keine Anzeichen eines plötzlichen Angriffs. Ich bin vorsichtig, sehr vorsichtig. Durch den Spion sehe ich, wie sie sich entfernen. Ich habe Wein im Mund. Ich schlucke ihn nicht hinunter, ich lasse ihn aus meinen Mundwinkeln rinnen. Er tropft, fällt auf den Boden.

Die Hände zittern mir immer noch. Ich habe die Hälfte dieser Flasche geleert und meine Hände zittern immer noch. Das ist nie so, es reicht ein Schluck, es reicht die Gewissheit, dass es bald einen Schluck geben wird, damit das Zittern aufhört. Ich brauche mehr. Ich muss warten, bis das Morgengrauen vorbei ist. Du wartest hier. Dein leerer Blick haftet auf der roten Schrift an der Wand. Ein wenig Licht fällt herein und erleuchtet dir dein geschminktes Gesicht. Es ist ein gutes Gesicht.

»Tadeo.«

Ich versuche, mein Zittern zu verbergen und nähere mich dir. Ich setze mich an deine Seite und lege deinen Kopf in meinen Schoß. Ich habe immer gedacht, dass es so hätte sein sollen, nicht auf einmal, nicht plötzlich. Ein bisschen Zeit haben, genügend, um sich zu verabschieden.

»Sie sind weg. Der Koffer ist hier, ich habe ihn bei mir, du musst dir keine Sorgen mehr machen.«

Ich weiß, dass du mich noch hörst. So etwas wie ein Lächeln deutet sich auf deinem Gesicht an und du runzelst die Stirn bei dem Versuch, mich anzuschauen. Aber diese schreckliche Grimasse ist immer noch da. Alles tut dir weh, ich weiß, so sollte es nicht sein.

»Hier, trink so viel du kannst.«

Tadeo trinkt. Es ist nicht viel übrig, aber er gehorcht.

Ich weiß, er fühlt diese Ruhe, die liebliche Wärme, die ihn langsam ergreift.

»Erzähle mir vom Himmel«, sagt er ganz langsam mit schwacher Stimme.

Ich setze mich an seiner Seite auf und reibe eine seiner kalten Hände.

»Er ist groß und hell erleuchtet. Er hat einen eisernen Rollladen, der erst spät in der Nacht geschlossen wird und eine Neonschrift, die immer leuchtet. Zum Himmel, steht da. Man kann ihn gar nicht verpassen. Sogar der Betrunkenste findet ihn.«

Tadeo lächelt. Er versucht, etwas zu sagen, aber er kann nicht. Mit seiner rechten Hand zeigt er auf die rote Schrift an der Wand. *Danke für den Wein.*

Tadeo lächelt immer noch. Eine rötlich-gelbliche Flüssigkeit fließt aus seinem Mund. Ohne Widerstand, ohne Schmerzen ergießt sie sich über seine Brust, um sich mit dem Blut aus seiner Wunde zu vermischen. Plötzlich bleibst du still, deine Atmung erlischt, deine Augen werden größer, treten aus ihren Höhlen hervor und dein Mund lächelt.

»Tadeo«, sage ich. Aber, wie ich es bereits erwartet habe, antwortest du nicht mehr. »Tadeo ...«

Diesmal kann ich in aller Ruhe deine geöffneten Lider schließen. Es gab keine Überraschungen, wir sind zuerst angekommen.

Die Alte sitzt auf dem Bürgersteig. Sie durchwühlt Papier, Kartons, Essensreste. Ich gehe so schnell ich kann auf sie zu, aber das ist schwierig, mit dem Weinen, das mir die Nackenhaare sträubt. Ich ertrage Geheule nicht, weder mein eigenes noch das anderer. Ich möchte ihr sagen, dass ich schnell laufen kann, dass ich ihr voraus bin, dass sie mich diesmal nicht überrascht hat, aber ich kann nicht. Ich schaffe es gerade mal, ihr den Arm entgegenzustrecken und ihr den Koffer zu reichen. Sie sieht mich fest an. Ich bin voller Blut, voller Wunden und blauer Flecken. Ich habe kurz rasierte Haare, bin nur ein Stofffetzen, ein weiterer Lumpen für ihren Karren. Ich sehe ihre dicken Röcke, sie wirken weich, wie ein sauberes Kopfkissen. Ich will das nicht tun. Ehrlich nicht, alte Scheißhure, aber mir knicken die Knie ein. Es ist so schwierig ohne Krücke.

»Eine Schildkröte und ein Hase«, flüstere ich der Alten ins Ohr und ich würde gern ins Ziel laufen, jetzt, da ich es weiß. Aber ich kann nicht weitermachen, weil jemand weint.

Sie heult laut, ohne Ehrgefühl, ohne Scham. Sie rotzt, sie sabbert, sie zittert. Ich kann es nicht mehr zurückhalten. Ein großer entwaffneter Knoten, der den Baumwollgeruch der warmen Röcke dieser Alten nässt. Dort drüben, auf der anderen Straßenseite, kann ich die Türen des Himmels sehen, die sich gerade öffnen. Ein metallener Rollladen, der das Licht einer Neonröhre entfliehen lässt. Flaschen. Viele Flaschen. Ich fühle, wie sich die Glassplitter aus meiner Kopfhaut lösen. Sie explodieren lautlos und schieben sich durch meinen Kopf, einer nach dem anderen drücken sie sich durch meine Wangen, meinen Hals, durch meinen Nacken. »Es ist vorbei«, denke ich, »das war's.« Die Splitter sind draußen. Ich fühle, wie meine Tränen sie ausschwemmen.

Ein kaputter Schuh

Die Spitze meines Schuhs ist kaputt. Die Sohle löst sich und ich kann meinen großen Zeh sehen, der sich durch das Loch zwängt. Teresa sagt, das sei so, weil ich viel laufe, weil ich von einem Ort zum anderen marschiere, um meinen Lebenslauf einzuwerfen, zu Vorstellungsgesprächen gehe, viel in der Schlange stehe. »Einen Job zu suchen, ist nicht einfach, Julio«, sagt sie, »man muss Büros abklappern, Treppen hoch- und runtersteigen, sich seine Füße ablaufen, wenn man schaut, ob es irgendwo eine freie Stelle gibt.« Aber es sind nicht die Füße, die sich ablaufen, das weiß Teresa nicht. Das, was sich abläuft, sind die Schuhe, die Schuhsohlen, und wer würde schon einen armen Kerl einstellen, dessen Zehenspitze herausguckt? Ich stehe nur so früh auf und verlasse jeden Tag das Haus, damit Teresa mich nicht nervt. Ich setze mich auf eine Bank auf irgendeinem Platz, rauche ein paar Zigaretten, lese die Schlagzeilen an irgendeinem Kiosk und beschäftige mich damit, mir neue Möglichkeiten auszudenken, die Sohle festzukleben. Im Moment halte ich sie mit ein paar Kaugummis zusammen. Sie klebten an einer Bank und mit der Hitze wurden sie weich, verschmolzen zu einer gallertartigen Masse, halb grau, halb rosa, die mir an der Hose kleben blieb, während ich döste. Zuerst hielt sie sehr gut, aber jetzt, während ich zurück zur Wohnung laufe, wird sie wieder weich. Ich müsste mir ein Paar Schuhe besorgen, einen Freund danach fragen, Max, aber ich kann nicht. Ich weiß ganz genau, was er sagen wird: »Armer Kerl, wie kümmerlich. Das Genie der Pädagogischen Hochschule bettelt um ein Paar Latschen.« Mit jedem Tag werde ich mehr zum Idioten. Die Größe des Lochs in meinem Schuh wächst proportional zum Grad der Dummheit, den ich im Begriff bin zu erreichen. Früher hätte ich darüber gelacht, hätte mir Max' Schuhe angezogen oder die eines jeden Anderen. Ich wäre hinaus auf die Straße gegangen, ohne diese Komplexe eines Wurms, einer Kakerlake, eines gekauten Kaugummis, das ausgespuckt wurde und unter der Bank auf einem Platz verrottet.

Ich betrete die Wohnung und Teresa spielt versunken auf ihrem Klavier, im Dunkeln. Sie bemerkt nicht, dass ich zurück bin. Sie hört mich nicht, sie sieht mich nicht. Sie hat schon lange nicht mehr gespielt – seit sie angefangen hat, in diesem verfluchten Café zu arbeiten, in dem sie diesen nuttigen Minirock trägt und Tag und Nacht Kaffee serviert. Von den Nonnen ins Konservatorium und vom Konservatorium zum Arschherzeigen hinter einem Tresen.

Ich schleiche mich an ihr vorbei in die Küche, ich störe sie nicht, spare mir den Diskurs, den ich heute erfunden habe, für morgen auf: Der Besitzer fand mich ganz gut, sagte, dass mein Gesicht vertrauenerweckend sei. Wenn er mich nicht anrufen werde, dann weil er dazu verpflichtet worden sei, einen mit einer Empfehlung einzustellen, was sehr wahrscheinlich so sein werde. Diese Schweinerei, dir dieses Gespräch für nichts und wieder nichts anzutun. Du weißt ja, dieses Land ist voller Idioten, Arschkriecher und Vetternwirtschaft. Ich schaue, was es zu essen gibt. Nichts.

Ich öffne den Kühlschrank, ich schaue in die Töpfe, in den Backofen. Man geht jeden Tag aus dem Haus, um den ganzen Nachmittag die Zeit totzuschlagen, wie ein Irrer herumzurennen. Man erfindet verschiedene Vorstellungsgespräche und passt auf, dass man keine Details, keine Gespräche wiederholt. Und wozu das alles? Dafür, dass sie sich hinsetzt und Klavier spielt, nicht einmal in der Lage ist, ihrem Ehemann Essen aufzuwärmen?

Ich nehme ein paar Eier, das Einzige, was im Kühlschrank ist, und werfe sie zum Kochen in einen Topf mit Wasser, während ich der Melodie des Klaviers zuhöre. Es ist eine einfache Melodie, wie die eines Kinderliedes. Ich glaube, ich habe sie schon einmal gehört.

»Was spielst du da?«

Teresa antwortet nicht, sie spielt weiter, ohne zu reden. Sie ignoriert mich, als ob ich nicht existierte, als ob ich schuld daran wäre, dass morgen der Alte vom Auktionshaus kommt, um das Klavier abzuholen. Die Wohnung wird nicht dieselbe sein ohne diesen schwarzen Koloss mittendrin, aber man kann nichts mehr tun. Teresa hat keine Zeit mehr, darauf zu spielen und man muss Opfer bringen, damit das System weiter funktioniert. Ich habe schon meine Fotokamera verkauft. Ich habe meine Tennisschläger verkauft und meine Münzsammlung. Später wird es die Waschmaschine sein, danach der Fernseher. Und dann werden wir in die Hölle gehen oder an irgendeinen schlimmeren Ort, wenn wir nicht schon dort sind.

»Ist das aus einem Film, dieses Lied, Teresa? Wo hast du es gehört?«

Teresa schlägt die Tasten fester an, übertönt meine Worte mit dem Klang ihrer Musik. Ich schließe die Augen und versuche, mich zu erinnern, aber es gelingt mir nicht. Ich gehe zu meinem Topf zurück und betrachte die Eier. Ob sie wohl schon fertig sind? Ich habe mal gehört, dass man ein Vaterunser und zwei Ave Maria beten soll, das sei genau die richtige Zeitspanne, bis die Eier fertig sind. »Vater unser, der Du bist im Himmel ...« Weiter weiß ich nicht, habe es vergessen. Ich schaffe es nicht, mich zu konzentrieren, bei dieser Melodie, die sich ein ums andere Mal wiederholt. Sie macht mich nervös, unruhig. Scheiße, wo habe ich sie schon mal gehört? Durch das kochende Wasser wackelt der Topf und der Dampf entweicht an allen Seiten. »Vater unser ...« Unmöglich, Teresa lenkt mich ab. Es ist eine Tortur, diese Routine. Sie beendet sie, beginnt sie erneut, ohne Pausen, ohne auch nur einen Moment innezuhalten, um sich umzudrehen und mich anzublicken, um mir Hallo zu sagen oder: Schätzchen, wie geht's? Wie war dein Tag? Ohne Unterbrechungen, um mich anzulächeln oder mich wenigstens zu beschimpfen. Ich esse die Eier lieber so, wie sie sind: glibberig, unentschlossen in ihrem Dasein, nicht gekocht, nicht roh. Ich lege sie auf einen Teller, verbrenne mir die Finger mit dem Wasser. Ich schreie, aber Teresa hält nicht inne. Es interessiert sie einen Scheißdreck, dass ich die Eier roh essen muss.

»Teresa, kannst du mal kurz still sein?«

Nichts, und wieder beginnt sie von vorn, mit neuer Kraft auf der Klaviatur, wie ein Hagel ordentlicher Flüche, die einem mit voller Wucht ins Gesicht klatschen, ein ums andere Mal.

»Gib Ruhe, Teresa, Scheiße!«

Stille. Teresa legt ihre Hände auf ihre Knie. Stille. Weder der Lärm der Kinder von oben, die wie Wahnsinnige durch den Flur rennen und schreien, noch die Hupen der Autos auf der Straße sind zu hören. Nichts. Stille in ihrem reinen Zustand. Ich gehe ruhig zum Schlafzimmer, atme tief ein, genieße das ach so leichte Geräusch meiner eigenen Atmung, meiner geräuschlosen Schritte bis zur Tür. Wenn die Würde noch einen Klang hat, dann muss sie sich so anhören.

Doch etwas unterbricht diesen gnädigen Zustand, ein diabolisches Klapp-Klapp auf dem Parkett, das meinen Gang mit seiner lächerlichen Percussion untermalt. Teresa in diesem Café, wie sie eine Reihe von Vollidioten bedient, eine Bande von Widerlingen, die ihr auf den Hintern und die Brüste glotzen, dieser Gedanke und das Klapp-Klapp, das Geräusch meiner kaputten Sohle, erfüllen die Wohnung, mit jedem Schritt schlägt die Sohle gegen das Holz des Fußbodens. Teresa hinter dem Tresen, die ihr Hinterteil zeigt, während ich mich mit diesem vermotteten Wollmorgenmantel begnügen muss, der ihr bis zum Knöchel reicht. Scheißsohle, mein teuflischer Zeh zeigt sich mit ernster Miene, einer Miene der Entschuldigung, dafür, dass er sich hinbegibt, wohin ihn niemand gebeten hat. Klapp-Klapp, ich schmeiße die Eier zu Boden, den Teller, alles.

»Verfluchte Schuhscheiße!«

Mein Schuh fliegt durch die Luft. Er fliegt in die Richtung der Wand, prallt mit Wucht dagegen, fällt bewusstlos zu Boden und ich schreie. Ich schreie so laut ich kann, denn in Wahrheit, Teresa, ich schwöre dir, meine Liebe, ich weiß nicht mehr, was ich tun soll.

Die Sohle meines Schuhs klebt an der Wand. Ein einwandfreier Abdruck, klar, deutlich. Teresa und ich schauen ihn schweigend an. Hinter mir erahne ich ihren Zeigefinger, der eine Taste sucht und die erste Note der Melodie spielt.

»Es ist ein altes Lied«, sagt sie schließlich, »meine Großmutter hat es mir immer vor dem Schlafengehen gesungen.«

Alles dreht sich in meinem Kopf. Das weiße Bad meines alten Zuhauses, die glänzenden Kacheln, meine blutenden Knie und meine Mutter mit einem Jod getränkten Wattebausch in der Hand, die mir dasselbe Lied sang. Ich verbrachte viele Jahre meiner Kindheit mit blutigen Knien. Wie konnte ich dieses Lied nur vergessen? Teresa macht mit der zweiten Note weiter, bis ich sogar den Text zu erinnern meine: Es erzählt davon, dass man nicht weinen soll, dass man doch nicht traurig sein muss, oder so etwas in der Art. Es war kein sehr fröhliches Lied, aber meine Mutter ließ es so wirken.

»Ich bin schwanger.«

Teresa hat die dritte Note nicht gespielt.

»Dort sind die Untersuchungsergebnisse«, sagt sie stattdessen.

Ein weißer Umschlag wie Watte oben auf dem Klavier. Ein Stück dieses alten Himmels, an den ich mich erinnere, fällt von irgendwoher auf den schwarzen Rücken unseres Klaviers. Ich sehe das glänzende Bad meines alten Hauses. Makellos, bis auf ein paar Wassertropfen, die auf den Boden gefallen sind. Ich sehe meine Mutter, die mit einer Flasche Jod hereinkommt und mit einem Haufen Watte in ihrer rechten Hand. Das Jod brennt und ich jammere, denn ich hätte es lieber, dass die Dinge nicht so wären, denn in Wirklichkeit gefällt es mir überhaupt nicht, mit geschundenen Knien auf dem Boden zu liegen. Ich bin darauf nicht vorbereitet, ich bin zu klein, um diesem riesigen Wattebausch voller Jod zu begegnen. Verzeih, dass ich weine, Mama, aber obwohl ich schon weiß, dass die Watte kommt, obwohl ich weiß, dass es wehtun wird, kann ich mich immer noch nicht daran gewöhnen. Es überrascht mich jedes Mal, meine wunden Knie werden mir weich, wenn ich spüre, wie es auf meiner Haut brennt.

»Was werden wir jetzt tun?«

Teresa fragt und ich habe ganz weiche Knie, kurz davor einzuknicken. Der Wattebausch mit Jod kommt, ich werde weinen, aber meine Mutter weiß das und deshalb singt sie mir etwas vor.

»Sag mir eins, Julio. Was machen wir jetzt?«

Teresas Stimme ist wie eine spitze Note, kurz davor zu brechen, die am Grenzwert wackelt, Gefahr läuft, dünn zu werden.

»Spiel diese Melodie, Teresa.«

»Julio ...«

»Bitte.«

Teresa schlägt behutsam die Tasten des Klaviers an. Die Melodie ersteht zwischen ihren Fingern und so kann ich das Telefon nehmen. Ich habe Glück, das Freizeichen ertönt noch. Das Versorgungsrauschen des Telefons ist der letzte Überrest an Würde in diesem Haushalt. Nicht alles ist verloren, das Telefon klingelt noch.

»Hallo Max. Hör mal, ich brauche ein paar Schuhe, Größe zweiundvierzig.«

Max fragt nicht. Er möchte nicht wissen, wozu ich sie brauche und auch nicht warum ich ihn darum bitte. Er bietet mir alle seine Schuhe an, was nicht viele sind, von den Badelatschen, in die er morgens schlüpft, bis zu den Stoffschlappen, die er jetzt gerade trägt. Max sagt mir, dass ich, wann immer ich will, sie holen kommen solle und dass, wenn ich Zeit und Lust hätte, wir uns hinsetzen könnten, um ein wenig zu reden.

»Diese Melodie?«, fragt er. »Ist das Teresa, die sie spielt?«

Die Pianistin des Konservatoriums spielt neben mir. Die Frau mit dem Abschluss in Musik und der Philosophielehrer inmitten dieser Wohnung in Trümmern.

»Ja, das macht sie gut, nicht wahr?«

Der Abdruck meines kaputten Schuhs prangt an der Wand. Teresas Rücken, bedeckt von diesem vermotteten Mantel. Man muss doch nicht traurig sein, singt meine Mutter in einer Ecke dieses alten Badezimmers und ohne das Telefon wegzulegen, küsse ich den Nacken meiner Frau, die sehr starke Knie hat, mit einer dicken Schicht Jod und Schorf, der nicht mehr blutet und keine Wunde mehr erkennen lässt.

»Max, noch etwas, habe ich vergessen ... Komm mal vorbei, um ein gekochtes Ei mit mir zu essen. Ich werde Papa.«

Der erste November

Santiago de Chile, der erste November Neunzehnhundertpaarundneunzig. Auf der Höhe der tausendvierhunderter Hausnummern der Avenida Recoleta, gegenüber des Hauptfriedhofs, taucht der Dichter auf. Frauen bieten ihm Blumen – Lilien, Nelken, weiße und rote Rosen – an. Der Dichter würde sie alle kaufen, aber es reicht nur für eine halb verblasste Geranie. *Schließe ich die Augen / kann ich sie wieder seh'n / Geranien, rote, weiße / die vor meinem Elternhause steh'n.* Der Dichter improvisiert einen Reim und bleibt stehen, um den Friedhofseingang zu betrachten, wie einer, der die Pforten des Himmels bestaunt. Nervös überquert er die Schwelle inmitten der Leute und grüßt eine Statue, die wie der Heilige Petrus aussieht, aber auch sehr wohl irgendjemand anderes sein könnte, denn wenn der Dichter von etwas keine Ahnung hat, dann von Heiligen. Einmal war er auf dem Friedhof und lief an der Hand seines Vaters hinter einem schwarzen Sarg her. Er weiß nicht, wie lange sie liefen, aber er erinnert sich an ein graues Grab neben einem dicken Baum, der gelbe Blüten trug. Die Äste des Baumes bewegten sich im Wind und die Blüten bedeckten den Grabstein und füllten ihre Nasen mit Pollen. Der Dichter, der damals erst wenige Jahre alt war, nieste ein paarmal. Sein Vater hörte auf zu weinen, als er es hörte und lächelte sogar für einen Moment. Der Dichter entdeckte die Grimasse in dem Gesicht des Riesen und erzwang mehr und noch mehr Nieser, bis sein Vater den Gram beiseiteließ und offen lachte.

»Suchen Sie etwas?«

Eine Frau mit Schürze und einem Eimer Wasser in der Hand taucht hinter einem Stein auf.

»Mein Grab.«

»Das Ihrer Familie?«

Der Dichter nennt ihr seinen Namen, den seiner Familie und erzählt ihr von dem Baum und den Blüten. Die Frau lacht, denn es zeigt sich, dass er sich sehr verirrt hat. Er ist von der anderen Seite gekommen, von der Seite der Ärmsten, wo es keine Bäume gibt. Wo kaum Raum dafür ist, einen Sarg in die Erde zu lassen und ein Blechkreuz aufzustellen. Der Dichter erblickt einen ganzen Acker, übersät mit Kreuzen, alle sehr dicht beieinander, eines neben dem anderen oder fast schon auf dem anderen. Blumen, die sich verflechten, von Grab zu Grab vermengen, Grabsteinschriften mit losen Buchstaben, die von den benachbarten Grabsteinen fallen. Ein einziger großer Toter, bestehend aus vielen vermischten Toten, der Schädel des einen mit den Rippen des anderen, Handwurzeln und fremde Mittelhandknochen, die eine einzige Hand bilden, über Kreuz liegende Tote, die sich amalgamieren. »Das ist die Galerie der Engelchen«, sagt die Frau und führt ihn durch ein farbenfrohes Bauwerk. Der Dichter betrachtet die kleinen Nischen mit Fotos von Babys, von kleinen Kindern, dekoriert mit fast unbenutztem Spielzeug, Murmeln, Puppen. Mütter und Väter sitzen davor, reden mit der Luft, nehmen Getränke zu sich, Biere, schlagen Glockenstäbe. *Ich wäre gerne / so gestorben / von Vater und Mutter begleitet, / geborgen.* Der Dichter notiert den letzten Reim in seinem kleinen Büchlein und geht weiter.

Er erinnert sich nicht an diesen Teil des Friedhofs, er hat nur noch diesen großen Baum und die gelben Blüten im Kopf, den Geruch des Blütenstaubs, die Ruhe eines Tages, an dem es nicht so viele Besucher gab, die Stille, den Frieden eines Ortes, der zum Ausruhen gemacht ist. Die Frau hört nicht auf, im Gehen mit ihm zu reden. Sie sagt, dass sie das Grab, das er suche, sehr gut kenne. Früher habe sie es selbst gepflegt, aber jetzt gehe sie nur ab und an hin, um es zu reinigen, da dafür niemand mehr bezahle. Früher habe es ein Herr besucht. Er sei fast jede Woche gekommen und er habe gewollt, dass das Grab immer makellos aussehe, denn jeden Moment würden sie seinen Sohn bringen und ihn hineinlegen. Der Dichter hört ihr zu und behält es für sich, dass dieser Herr sein Vater ist. Er sagt nicht, dass der Alte so krank ist, dass er nicht mehr kommen kann, um sich unter den großen Baum zu setzen, dass er sie nicht mehr darum bitten kann, das Grab seiner Familie zu pflegen und dass er sie noch weniger bezahlen kann. Der Dichter erzählt nicht, dass sein Vater nicht mehr isst, dass er nicht mehr spricht und dass das einzige, das ihn am Leben hält, die Hoffnung ist, die Knochen seines einzigen Sohnes in irgendeinem Winkel der Wüste zu finden, in der Pampa, in einer verloren gegangenen Schachtel, die man nach langer Zeit in irgendeiner Ecke des Landes gefunden hat.

»Das ist es, oder?«

Sein Familienname ist auf der Inschrift aus schwarzen Buchstaben zu lesen, der Name seiner Mutter, der seines Großvaters. Der Baum, noch größer als damals, trägt noch mehr Blüten. Die Frau mit dem Eimer verlässt ihn und der Dichter legt sich auf den Stein, mit seiner verblassten Geranie, wie einer, der sich in seinem Bett ausstreckt, nachdem er viel gelaufen ist. Sein Körper ruht auf dem Zement. In dieser Ecke des Friedhofs verstummt der Lärm der Leute. Stille. Der Blütenstaub kitzelt ihn in der Nase, vielleicht wird er kurz lachen, die gelben Blüten fallen von den Ästen ihres Baumes, fliegen mithilfe der Brise, bedecken sein Gesicht, den Rumpf, die Hände. Der Alte weiß nicht, was er verpasst, denkt der Dichter. Es ist ein Jammer, dass er immer noch darauf beharrt, seine verlorenen Knochen finden zu wollen. Es ist ein Jammer, dass er nicht seine Augen schließen, hierherkommen möchte, um sich hier ein für alle Mal schlafenzulegen.

Die Geranien im Haus des Dichters sind vertrocknet. Die Wände auch, die Farbe blättert ab und fällt zu Boden, liefert das nackte Gemäuer den Jahreszeiten aus. Ein enormer Dschungel an Gestrüpp umgibt das Haus. Das Abbild einer weiß gekleideten Frau streift durch die Gärten und kehrt Dreck zusammen. »Ich komme, um den Professor zu sehen«, ruft der Dichter ihr von draußen zu und die weiße Frau schaut ihn erstaunt durch die Gitterstäbe des Zaunes hindurch an, denn niemals kommt jemand, um den Professor zu sehen.

»Sind Sie ein Angehöriger, ein Freund ... ?«
»Ich gehöre zur Familie.«

Das Haus des Dichters ähnelt nicht mehr dem Haus des Dichters. Der Geruch von Arzneien und Urin zieht durch die Gänge und die Zimmer. Die Feuchtigkeit von Jahren ist in die Wände gezogen. »Ich dachte immer, dass der Professor ganz allein ist«, sagt die Frau in Weiß und führt ihn über den Flur bis zur hinteren Treppe des Hauses. Der Dichter betrachtet ihre Krankenschwesternschürze, ihre von den

Ästen des Gartens zerkratzten Hände. »Dem Professor geht es überhaupt nicht gut«, sagt sie, »die Krankheit hat ihn ganz aufgefressen. Die Wahrheit ist, dass er schon lange nicht mehr sein dürfte, aber da er störrisch ist, hört er nicht auf zu kämpfen. Er sagt, dass er mich nicht ohne Arbeit zurücklassen möchte, aber ich weiß: Das ist es nicht.«

»Wir haben Besuch, Professor!«

Der Alte liegt in einem Pflegebett, seine Augen sind geschlossen. Auf dem Boden an seiner rechten Seite stehen eine Sauerstoffflasche und eine schmutzige Schale. Um ihn herum stehen Medikamente, Gläschen in allen Größen und Farben, Spritzen, Schläuche und ein paar Gedichtbände. Der Dichter erkennt ein Foto von sich auf dem Nachttisch des Vaters. Darauf scheint er noch sehr klein zu sein, vielleicht in dem Alter, in dem er bei dieser Beerdigung war, an die er sich so lebhaft erinnert. An den Wänden hängen die Fotos der restlichen Familie. Sie stehen auch auf der Kommode und auf dem anderen Nachttisch: seine Mutter, sein Großvater, ein entfernter Onkel, der sehr jung starb, alle richten sie ihre Augen auf den dürren Alten im Bett.

»Professor, ein Verwandter ist gekommen, um Sie zu sehen.«

Der Alte schüttelt schwach den Kopf zum Zeichen des Verneinens. Das ist unmöglich, seine gesamte Familie ist hier, hängt an den Wänden dieses Zimmers, es gibt niemanden mehr, der durch diese Tür kommen könnte, um ihm einen Besuch abzustatten. Die Krankenschwester macht eine entschuldigende Geste in Richtung des Dichters und trägt die Schale fort, um sie allein zu lassen. »Er spricht kaum mehr, wissen Sie? Strengen Sie ihn nicht zu sehr an, sprechen Sie, aber bitten Sie ihn nicht, zu antworten. Wenn

Ihnen nichts einfällt, das Sie ihm sagen könnten, lesen Sie ihm etwas vor, Sie ahnen nicht, wie sehr ihm Poesie gefällt.«
Als die Krankenschwester hinausgeht, nähert sich der Dichter seinem Vater. Er sieht alt, krank, gelb aus.
»Alter ...«
Ins Ohr, langsam. Der Alte öffnet schlagartig die Augen, als er die Stimme hört und versucht, dieses konfuse Bild des Dichters vor seinen Augen zu schärfen.
»Bin ich tot?«, stottert er sehr schwach, als er ihn erblickt, und der Dichter schüttelt den Kopf und lächelt. »Dante ... bist du das?«
»Ich bin gekommen, dir eine Geschichte zu erzählen, Alter. Versprich mir, dass, wenn ich fertig bin, du deine Augen schließt und ein für alle Mal gehst.«
Der Alte blickt Dante entsetzt an, er ist sich nicht sicher, was er da vor sich sieht, eine Erscheinung, einen Geist, eine Erinnerung. Sei es, was es sei, es sieht gut aus. Gesund sieht er aus, sein Sohn, so, wie er ihn in Erinnerung hatte. Er verschwimmt mit den Fotos an den Wänden, mit denen auf der Kommode und auf dem Nachttisch. Er ist zurück, sitzt auf seinem Bett und erzählt eine seltsame Geschichte. Die lügnerische Geschichte eines Mannes, der sein Haus und sein Land vor langer Zeit verlassen musste. »Um Haaresbreite habe ich mich gerettet, Alter«, lügt der Dichter und sein Vater blickt ihn ungläubig an, »ich habe es geschafft abzuhauen und die Dinge wieder geradezubiegen. Du hast einen Enkel, weißt du das? Er heißt Dante, wie du, wie ich, wie Großvater. Er spricht nur sehr wenig Spanisch, aber er weiß eine Menge über Chile und über dich. Es gefällt ihm, wenn ich ihm diese Geschichten darüber erzähle, als ich noch ein Kind war und die Mama noch lebte. Die Dinge

laufen gut, Alter. Hier bin ich, endlich bin ich aufgetaucht. Du kannst in Ruhe gehen. Wie lange zur Hölle willst du bettlägerig in diesem Zimmer bleiben?«

»Arschloch!«

Der Dichter hört seinen Vater kaum merklich murmeln: »Arschloch, Arschloch, Arschloch!« Mit solch einer Antwort hat er nicht gerechnet, »Bist du nicht glücklich zu sehen, dass es mir gut geht?«, fragt er den Sterbenden und der Alte schaut ihn eine Weile lang fest an, so als ob er kurz davor wäre, ihm eine Ohrfeige zu verpassen, ihm eine Kopfnuss zu geben, ihn anzuspucken, ihm ordentlich das Fell über die Ohren zu ziehen, wie er es streng genommen machen müsste. Dante kennt diesen Gesichtsausdruck, er weiß, was der Alte denkt. Wenn diese ganze Geschichte die Wahrheit ist, wie kommt es, dass er nie einen Brief geschickt, nie angerufen hat, nie zurückgekehrt ist? Wieso hat er nichts gesagt? Die Hände seines Vaters klammern sich an den schmutzigen Laken fest, sie pressen sich mit dem bisschen Kraft, die ihnen noch geblieben ist, in sie hinein. Jahre des Wartens völlig umsonst. Der Alte suchte ihn unter der Erde irgendeines entlegenen Winkels dieses Landes und er taucht nach all dem mit so einer absurden Geschichte wieder auf.

»Wie, sagtest du, heißt der Junge?«, sagt der Alte plötzlich und seine Hände entspannen sich auf dem Bett.

»Dante, wie du, wie Großvater.«

Der Alte starrt an die Decke, als ob er seinen Enkel vor sich sehen wollte. Ein Enkel. Er stellt ihn sich vor, wie er niest, wie er zwischen den Geranien des Gartens lacht. Er lächelt und atmet tief ein. Der Dichter nimmt seine Hand. Er beobachtet ihn, wie er lacht, so wie an jenem Nachmittag auf dem Friedhof nach dem Niesen und dem Blütenstaub.

Ein Epitaph auf seinen Vater. Er hat viel Zeit damit verbracht zu versuchen, ein gutes Epitaph in Versform für seinen Vater zu schreiben. Ein einfaches Gedicht, das den Alten von Kopf bis Fuß porträtiert, das ihn als gut gestellten Mann zeigt, so wie er es immer war. Aber Dichten ist schwer mit der Dringlichkeit des Todes, die über ihm schwebt. Es ist nicht so, dass er keine guten Bilder im Kopf hätte, es ist nur so, dass ihm die Worte fehlen. Der Dichter blickt aus dem verwilderten Garten zum Fenster seines Vaters hoch, dort oben im zweiten Stock, als ob er versuchte, um Hilfe zu bitten, um einen guten Reim. Drinnen musste der Alte dabei sein zu sterben, das Handtuch zu werfen, die Augen zu schließen.

»Er ist weg!«

Am Fenster erscheint die Krankenschwester und sagt genau das, dass er weg sei. Nicht da, weggegangen. Der Dichter versteht nicht. Er geht ins Zimmer hoch und gemeinsam mit der Schwester betrachtet er das zerwühlte Bett, den schmutzigen Pyjama, achtlos über den Nachttopf geworfen. Es ist unmöglich. Selbst wenn er es geschafft hätte, sich unter größten Mühen im Bett aufzusetzen. Aber er sieht ja selbst, er ist nicht mehr da. »Wissen Sie, wo er hingegangen sein könnte?«

Santiago de Chile, Avenida Recoleta, der Eingang zum Hauptfriedhof. Wenn der Alte zu jemandem gegangen ist, wenn er jemanden besuchen wollte, dann musste er dort sein. Der Dichter kennt sich dieses Mal schon besser aus, jetzt weiß er, wie man zu dem Grab kommt. Er durchschreitet schnell den Hauptweg nach der Eingangspforte, begrüßt weder den Heiligen Petrus noch sonst jemanden, der seinen Weg kreuzt. Er läuft den ganzen Weg so schnell er kann durch Felder voller Kreuze und Steinfiguren, Pflanzen und Blumen. Er kommt zu dem Baum, zum Grabstein mit dem Namen seiner Familie, aber dort findet er seinen Vater nicht. Wo ist er? Die Frau mit dem Wassereimer säubert ein benachbartes Grab. »Haben Sie den Mann nicht gesehen, der, der früher immer hierher kam, der, der Sie für die Reinigung bezahlte?«

»Er kommt schon lange nicht mehr her«, antwortet die Frau, »habe ich Ihnen nicht gesagt, dass er nicht mehr kommt?« Wo ist der Alte? Er ist langsam, nicht mehr richtig fit im Kopf, vielleicht hat er sich verirrt, so wie es ihm selbst passiert ist. Dante läuft über die nahegelegenen Plätze, kreuzt den Gang, der den Präsidenten gehört, sucht zwischen den ältesten Mausoleen, dort, wo die Wichtigsten begraben liegen, wo die Marmorfiguren und die Wasserspeier mit Drachenflügeln den Schlaf der alten Aristokraten bewachen. Gigantische Gitterstäbe, die selbst die Grabpfleger nicht durchlassen, jahrhundertealte Gemäuer von Familien, die nicht mehr existieren, die zerbröckeln wie ihre eigenen Gräber. Wo ist er? Der Dichter durchschreitet komplette Gänge, ganze Grabpavillons, kehrt zum Feld der Kreuze zurück, zu den durcheinandergewirbelten Toten am äußersten rechten Rand des Friedhofs; diese Toten, die am glücklichsten zu sein scheinen, die, die immer Blumen haben, die sich gegenseitig begleiten, an der Hand halten, unter der Erde ohne Scham ineinander verschlungen, Schoß an Schoß, unter den Augen der Engelchen, die ihnen gegenüberstehen und neugierig alles von ihrem bunt verzierten Gebäude aus beobachten. Sie lachen, wenn der Boden des Felds voller Kreuze erbebt, denn sie mögen Kinder sein, aber sie wissen schon, was da nachts unter der Erdendecke ihrer Nachbarn vor sich geht.

Wo ist er? Eine gigantische Wand taucht direkt vor der Nase des Dichters auf. Es ist eine Wand aus Beton, die er nicht gesehen hat und die wichtig und imposant im Zentrum des Friedhofs steht. Eine hohe und graue Mauer voller Namen in alphabetischer Reihenfolge und einem Datum an ihrer Seite. *Acosta, Fernando, 24. September 1974. Ahumada, Gustavo. Araneda, Luisa. Bustos, Amanda. Cáceres. Donoso. Elgueta. Fernández.* Viele Namen, viele Leute, die Liste eines großen Jahrgangs, einer enorm großen Klasse, auf die sich keiner meldet. Auf der Höhe des Buchstaben S, genau neben dem Anfangsbuchstaben des Nachnamens des Dichters, steht ein alter Mann im schwarzen Anzug, ein Herr. Er beugt sich über die Felsensteine, die der Mauer als Fundament dienen, und versucht, mit Kreide einen Namen aus der Liste zu streichen. Sepúlveda, Dante, 1. November 1975.

»Alter Herr!«, ruft ihn der Dichter. Sein Vater erschrickt sich, rutscht von den Steinen und lässt den Namen seines Sohnes halb ausgestrichen zurück.

Eine Gruppe Frauen nähert sich dem Alten, sie schlagen Dante vor, einen Arzt zu holen. Der Dichter nickt mit dem Kopf, damit sie sie allein lassen. Er weiß, dass es keinen Sinn hat, einen Arzt zu rufen, der Alte stirbt, man kann nichts tun. Sein Blick fällt auf den Rockaufschlag seines Vaters, dort entdeckt er ein Foto von sich selbst, mit einer Sicherheitsnadel am Herzen des alten Mannes befestigt.

»Hast du mir nicht versprochen, endlich deine Augen zu schließen?«

»Was ist passiert?«

Sein Vater blickt ihn vom Boden aus an, halb aufgerichtet in seinen Armen liegend. In seiner rechten Hand hält er immer noch die Kreide fest, der Grundschullehrer, bis zum letzten Moment im Amt. Der Dichter betrachtet sein faltiges Gesicht, den ausgetrockneten, halb geöffneten Mund, er erkennt die Züge seines Großvaters im Gesicht seines alten Herrn.

»Ich habe mich um ein Haar gerettet, das habe ich dir schon gesagt. Ich bin abgehauen und konnte dort alles wieder in Ordnung bringen. Ich weiß, dass ich ein Mistkerl war, mich nicht zu melden, nicht herzukommen, aber ...«

»Ich habe keine Zeit mehr, Sohn. Was ist passiert?«

Der Alte ist immer noch derselbe, obwohl er jetzt in seinen Armen wie ein kranker Riese wirkt. Er ist der, der er immer war, der, der alles besser weiß, der, dem man nichts vormachen kann.

»Eine Kugel. In den Kopf. Zum Hinterkopf rein und zum rechten Auge raus.«

Der Alte blickt ihn an, ohne zu blinzeln, schenkt jedem einzelnen Wort seine Aufmerksamkeit. Er strengt sich an, bei Bewusstsein zu bleiben, er möchte sich noch nicht ergeben.

»Ob es danach noch mehr Schüsse gab, weiß ich nicht«, fährt der Dichter fort, »der erste reichte, um mich niederzustrecken.«

»Tat es weh?«

»Nein.«

»Die Wahrheit, Sohn.«

»Es hat Matsch aus meinem Schädel gemacht, ich habe nichts mitbekommen. Es tat nicht weh.«

Der Alte schließt plötzlich die Augen und haucht einen letzten Seufzer in Form eines Wortes. »Arschlöcher«, sagt er und der Dichter lächelt, denn er hat während all dieser Zeit dasselbe gedacht: Arschlöcher.

Dante Sepúlveda, der Name seines Großvaters, der seines Vaters, sein eigener. Es ist nicht nötig, ihn noch einmal auf den Grabstein zu schreiben, er stand schon da und das reicht, damit hat man die restlichen Generationen abgedeckt. Mit der Beisetzung seines Vaters beerdigt er sich selbst, der Trost des Armen, oder besser, des Einfältigen, denkt der Dichter.

Die Krankenschwester verabschiedet sich mit verweinten Augen, nachdem sie einen Zweig auf das Grab niedergelegt hat. Die Reinigungsfrau bietet an, es wöchentlich zu einem angemessenen Preis zu säubern und der Dichter antwortet, dass er darüber nachdenken werde. Die Vorstellung gefällt ihm, dass er sich eines Tages dort hineinlegen kann, um tagtäglich den großen Baum über seinen Augen wiegen zu sehen, den Blütenstaub zu spüren, die Stille irgendeines Abends, ohne so viel Besuch, im Frieden eines Ortes, der zum Ausruhen gemacht ist.

Der Dichter wirft einen letzten Blick auf sein Grab, verabschiedet sich von seinen Eltern, von seinem Großvater, von jenem entfernten Onkel, der viel zu früh gestorben ist, und von all jenen, die er nie kennengelernt hat. Er macht sich auf den Rückweg über einen der Hauptwege, verabschiedet sich vom Heiligen Petrus und kommt bis zur Avenida Recoleta. Er schaut nach rechts, dann nach links. Er denkt, dass er in die Pampa zurückkehren sollte, in die Wüste, aber er ist so müde. Herumzuirren ist langweilig und es gibt keine Alternative. Er wird damit weitermachen, bis eines Tages jemand auf seine verlorenen Knochen in irgendeinem entlegenen Winkel des Landes stößt. Der Dichter schlendert irgendwohin. Er möchte einen Vers improvisieren, aber es fällt ihm nichts ein.

Maltese

Ich habe meine Seele an den Teufel verkauft. Es war eine Falle, eine Riesenschweinerei. Ein Witz, über den von Anfang an irgendjemand gelacht haben muss, seit eben jenem Moment, als Bruno zum ersten Mal Maltese las und ihn das ganz verrückt machte, weil er glaubte, dass das die Formel sei, der einzige Weg. Ich verlor meine Seele. Ich verpfändete sie, als Bruno für sich entdeckte, dass Maltese sein Retter war, dass er ihn kennenlernen, ihn finden musste, wie weit der Weg auch sein mochte, koste es, was es wolle. »Wir müssen gehen, Gringa, Maltese ist dort. Stell dir vor, ich kann ihn darum bitten, meinen Roman zu lesen, mir dabei zu helfen, ihn zu beenden. Gehen wir, Gringa, ich verspreche dir, dass ich dort schreiben werde.«

Ein schlechter Scherz. Bruno und ich flogen über die Maltese-Stadt, stiegen aus dem Flugzeug, das uns von Santiago hergebracht hatte, liefen orientierungslos durch den Flughafen und setzten uns in die U-Bahn. Jeder ein Paar Koffer. Eine Tasche aus altem Leder voller Bücher, ein grüner Rucksack mit meiner Abschlussarbeit und meinem Abschlusszeugnis von der Universität und ein Foto meines Bruders Pablo im Herzen meiner Brieftasche. Ein schlechter Scherz. Bruno und ich stiegen in den ersten Wagen der Linie 66, all unsere Habseligkeiten auf dem Rücken. Wir setzten uns ganz hinten hin und versuchten, nicht aufzufallen mit unserem Akzent, unserem Gepäck, unseren verlorenen Gesichtern aus dem Süden. Wir bemerkten den Tabakgeruch im Waggon. Maltese-Tabak. Ich las es auf einer zerknautschten Zigarettenschachtel, die der Mann, der mir gegenübersaß, in den Händen hielt. Der Typ war schwarz, sprach eine unverständliche Sprache und verströmte den Dunst desselben penetranten Tabaks, den Maltese rauchte. Maltese. Wenn wir hier waren und in diesem U-Bahn-Wagen durch die ganze Stadt fuhren, dann nur seinetwegen. Wir hatten den Ozean überquert, wir hatten Santiago verlassen. Als er hierherkam, war er in unserem Alter gewesen und Bruno wollte diese Zufälligkeit wiederholen, als ob wir uns so ein bisschen die Zukunft sichern könnten. Angeblich bildete sich eine heimliche Komplizenschaft zwischen Maltese und uns, als wir durch dieselben Straßen liefen, dieselben Bars betraten, endlich, sein Lieblingsbier tranken.

»Wir sind da, Gringa, Endstation.«

Über die Lautsprecher erklang eine Stimme in einer fremden Sprache. Endstation. Der U-Bahn-Wagen war leer. Wir saßen hinten drin, allein, beladen mit Koffern und Trödel, die einzigen Fahrgäste bis zur Endstation der Linie 66. Oben, an der Erdoberfläche, das chinesische Viertel. Irgendwo hier in dieser Gegend schrieb Maltese.

Über eine Rolltreppe gelangten wir auf die Straße. Gestank, Fliegen, Schmutz. Ein Komplex schlecht erhaltener Gebäude, eines an das andere gelehnt, bröckelndes Mauerwerk, zerbrochene Fensterscheiben. Zinkwellbleche hingen hier und da von den Dächern herunter. Straßen, die schon ganz löchrig waren vor lauter losen Pflastersteinen. Ein in Ruinen liegendes Stadtviertel. An einer Ecke stritt eine ältere Prostituierte mit einer anderen, sie zerkratzten sich gegenseitig das Gesicht. Sie schrien laut und die Leute liefen auf ihre Balkone, um zu schauen, was los ist und um Wasser über sie zu schütten, während die streunenden Hunde des Viertels sich näherten, um sie im Chor anzubellen und freche Bälger sich ihnen mit Steinewerfen anschlossen. Ich dachte an die Fakultät, an die Studenten in Santiago, an meinen Bruder Pablo. Ich hatte alles verlassen, voller Vertrauen darauf, dass Bruno dann endlich seinen Roman beenden würde. Idiotin. Ich wusste schon immer, dass ich schnell dazu neige, aber ich hatte die heimliche Hoffnung, dass es das alles wert sei. Wir liefen durch eine Straße voller indischer Lebensmittelgeschäfte und Metzgereien, in deren Türen Kuhköpfe hingen. Das Blut tropfte und gerann auf dem Pflaster des Bürgersteigs. Die studierte Literaturwissenschaftlerin kurz davor, sich inmitten des Abfalls eines heruntergekommenen Stadtviertels niederzulassen.

Nach langer Suche fanden wir endlich ein Plätzchen im vierten Stock eines Hauses. Ich setzte meine Unterschrift auf einen unleserlichen Vertrag und zahlte im Voraus eine komplette Saison. Die Miete für fast ein ganzes Jahr brachte mich um die Möglichkeit zurückzukehren, ein Ticket nach Santiago kaufen zu können. Mein Schicksal war besiegelt, meine Seele verkauft für die nächsten zehn Monate. Wir stiegen die fünfundneunzig Stufen hinauf, die uns vom Erdboden trennten, und öffneten die Tür zu dem, was von nun an unsere Bleibe sein würde. Ein Bett in der Mitte, ein Schreibtisch, das Bad und eine Ecke, die nach so etwas wie einer Küche aussah. Der Balkon stand sperrangelweit offen. Bruno ließ seine Sachen auf den Boden fallen und holte ein zerknülltes Stück Papier aus seiner Hosentasche. Er faltete es vorsichtig auseinander und studierte die Adresse, die er in Santiago aufgeschrieben hatte, dann betrat er den Balkon. Sein Blick suchte die Gebäude auf der anderen Straßenseite ab.

»Dort ist es, Gringa, schau!«

Fast genau gegenüber, in dem höchsten und heruntergekommensten Gebäude des Viertels, im letzten Stockwerk, konnte ich ein kleines Fenster sehen, das mit Zeitungspapier bedeckt war. Drinnen, gegen das brennende Licht, zeichnete sich die Gestalt eines auf und ab gehenden Mannes ab.

»Das ist er, Gringa, dort ist er!«

Maltese! Nie hätten wir gedacht, dass wir ihm so nahe sein würden. Bisher war es nur eine Vorstellung gewesen, fast nur ein Konzept. Jetzt war er gleich auf der anderen Seite der Straße zu finden, sein Schatten lief direkt vor unseren Augen hin und her. Bruno zündete eine Zigarette an und blieb draußen stehen, schweigend, von der Gestalt verhext. Ich tat es ihm gleich. Ich schmiegte mich an seinen Körper, legte meinen Kopf auf seine Schulter und verlor mich in seiner ruhigen Umarmung. So standen wir eine ganze Weile da. Die Nacht war schließlich gänzlich über das Viertel hereingebrochen und meine Augen fielen mir zu, forderten den verspäteten Schlaf. Ich löste mich von Bruno, ging hinein und da durchbrach er den seit Stunden andauernden Pakt des Schweigens.

»Glaubst du, dass ich den Mut haben werde, die Straße zu überqueren, Gringa? Glaubst du, ich traue mich, an seine Tür zu klopfen?«

Ich konnte diese Frage nicht beantworten.

Eine Woche ist seither vergangen und die Antwort ist uns gerade zu Ohren gekommen. Eben erst drang sie gewaltsam in unser Zimmer ein, weckte uns plötzlich in Form eines Schreis auf der Straße. Wir schliefen gerade friedlich nach ein paar Tagen, die ziemlich fürchterlich gewesen waren. Wir hatten versucht, Ordnung im Zimmer zu schaffen, die Rohrleitungen zu reparieren und die Ratten zu verscheuchen. Bruno hatte sich immer noch nicht dazu bewegen können, an die Tür der Maltese-Wohnung zu klopfen. Er sagte ihm immer noch nicht: Hallo, ich bin ein Chilene, wie du, ich bin aus dem Süden hierhergekommen, um dich zu treffen, ich hätte gern, dass du meine Arbeit liest, dass du mir hilfst, denn allein schaffe ich das nicht. Bruno hat immer noch nichts geschrieben. Seine Hände haben bisher nichts anderes als Malerpinsel, Hammer und Inbusschlüssel angefasst. Müde waren wir eingeschlafen, unter dem monotonen Rauschen der Straße, das über den offenen Balkon zu uns drang, als plötzlich die Schreie zu hören waren.

»Was zur Hölle ist da los, Gringa?«

Mit einem Schlag waren wir wach. Auf der Straße heulte jemand. Bruno sprang aus dem Bett und lehnte sich über den Balkon. Ich folgte ihm und stellte mich neben ihn. Eine Frau stand unten vor dem Maltese-Haus. Andere Frauen tauchten von überall her auf und näherten sich ihr, um sie zu trösten.

»Es ist eine Nutte, oder?«

Ja, es war eine der Huren des Viertels. Vielleicht dieselbe, die wir an dem Tag unserer Ankunft mit einer anderen hatten streiten sehen. Sie war halb nackt, von einem dreckigen Laken bedeckt, mit geschwollenen Augen und zerlaufener Schminke vom vielen Weinen. »Er lag auf mir. Er lag auf mir«, schrie die Frau und schluchzte, während sie sich die nur halb bekleidete Brust bedeckte. Die anderen Frauen umarmten sie und fächelten ihr mit ihren Händen, ihren langen, rot lackierten Fingernägeln, Luft zu. In den Gebäuden des Viertels gingen nach und nach die Lichter an. Alte Frauen, Kinder, Männer, Augen aller Größen erschienen in den Türen und Fenstern, um zu sehen, was da los ist. Plötzlich erschallte ein Sirenengeheul, das alles übertönte. Ein Krankenwagen tauchte an einer der Straßenecken auf, bog in die Straße ein und blieb auf unserer Höhe stehen. Die roten Lichter der Warnleuchte färbten die Gesichter der Frauen und aller Schaulustigen, die wie wir von ihren Balkonen glotzten. Zwei Männer stiegen aus dem weißen Wagen und rannten in das Maltese-Haus. »Er lag auf mir«, schrie die Hure wieder und ihre Freundinnen trösteten sie und bedeckten ihren Busen, der hier und da aus den Falten des Lakens rutschte. Oben füllte sich die Maltese-Wohnung mit Schatten, die sich bewegten, und Lichtkegeln von Taschenlampen. Das konnten wir durch sein Fenster aus alten Tageszeitungen sehen. Die Männer brauchten nicht lange, sofort kamen sie wieder herunter und trugen einen in eine Wolldecke eingewickelten Körper mit sich. Sie trugen ihn ohne besondere Vorsicht, ihn an den Füßen und an den Schultern haltend, während der Kopf herunterbaumelte. Eine alte Puppe mit lockeren Gelenken, eine schwere und unförmige Masse in einer dicken Wollhülle. Sie legten ihn in den Krankenwagen. Sie schienen es nicht mehr eilig zu haben, sie liefen nicht mehr gegen die Zeit an. Die Sirenen gingen aus und die Warnleuchten auch. Die Hure bekreuzigte sich fromm und verstummte für einen Augenblick. Alle, die wir zusahen, taten es ihr gleich. Stille. Nicht eine Fliege flog durch das Viertel. Der Krankenwagen fuhr in aller Ruhe fort, fuhr langsam und still, ohne Eile. An einer Ecke bog er ab und verschwand. Wir blieben allein zurück.

Maltese. Unser Kontakt mit ihm beschränkte sich hierauf, auf ein in eine graue Decke gewickeltes Bündel. Der Schlüssel zur Welt war eben noch auf einer Hure zu finden gewesen.

Maltese sagte in einer seiner Erzählungen, dass der Tod das Antlitz einer Hure habe. Er sagte, dass er unversehens beim Um-eine-Ecke-Biegen auftaucht und dass es, weil er nun mal eine Hure ist, schwierig ist, ihn anzuschauen und nicht kurz berühren zu wollen. Maltese sagte, dass, wenn du das Angesicht des Todes erblickst, du anfangen wirst, ihn jede Nacht zu suchen, an jeder Straßenecke. Mit der Zeit wirst du anfangen, es zu bedauern, dass du ihn nicht findest, dass du weißt, dass er mit jemand anderem weggegangen ist und dass dieser andere deinen Platz eingenommen hat. Du wirst allmählich jeden Tag mit dem Wunsch aufwachen, nicht zu spät zur Verabredung zu kommen, zu versuchen, an ihn heranzukommen, ihm das beste Angebot zu machen. Plötzlich wirst du überrascht sein, dass du ihn vermisst. Maltese sagte, dass sich dein Leben in das Warten auf die Verabredung mit einer unbekannten Hure verwandeln wird, die, weil sie so eine Hure ist, dir auf den ersten Blick die Seele geraubt hat.

Ich dachte an die von Maltese erhoffte Begegnung. Ich sah sie zusammen, ihn und seinen Tod, in einer dunklen Gasse des Viertels stehend. Ich sah sie eng umschlungen unter einer Laterne, in einer Kneipe, um einen guten Preis feilschend, eine Zigarette anzündend, aber so sehr ich es auch versuchte, ich konnte mir das Gesicht des Todes nicht vorstellen. Ich lebe mitten im Hurenhaus dieser Stadt, treffe täglich auf einen Haufen lärmender Huren, ich kenne ihre Zeiten, ihre Kleider, ihre Parfums, aber nie habe ich mir ihre Gesichter genauer angesehen. Ich wollte mir das Antlitz des Todes vorstellen, aber ich konnte nicht. Ich vermute, dass er sehr damit beschäftigt ist, zu seinen anstehenden Verabredungen zu eilen.

Das Licht beginnt, die Straßen des Viertels in Farben zu tauchen. Der Morgen graut. Die Gaffer sind weg, die Fenster decken sich wieder mit Vorhängen. Wir stehen weiterhin da, auf dem Balkon, ohne zu reden, schauen nach unten mit dem Gefühl, gerade einen Schlag mitten ins Gesicht bekommen zu haben.

»Armer Mann. Es geht doch nichts darüber, zuhause zu sterben«, sagt die Hausverwalterin des Maltese-Hauses dort unten auf der Straße.

Ihre Stimme wird von den Wänden des Viertels zurückgeworfen und dringt bis zu uns herauf. Sie hat sich mit den Huren versammelt. Sie eilen alle herbei, um auf dem Bordstein sitzend, dem Morgengrauen zuzusehen und das große Ereignis der Nacht zu kommentieren.

»Im eigenen Bett sterben, bei deinen Leuten. In deinem eigenen Land begraben werden. Das ist es, was er immer wollte«, wiederholt die Frau ein paar Mal.

Ich höre ihr zu und während sie redet, kreuze ich heimlich die Finger, denke, dass das nicht wahr sein kann, dass es nur ein böser Traum ist und dass ich gleich aufwachen werde. Maltese lebt weiter in seinem Zimmer gegenüber und jeden Moment geht Bruno hinüber und sie reden und freunden sich an, es gibt ein paar gute Ratschläge und schließlich werden sie das Ende dieses unfertigen Romans bearbeiten, der uns hierher gebracht hat.

Aber es ist nicht immer möglich, aus Albträumen aufzuwachen. Maltese war damit einverstanden, einfach abzuhauen und uns hängenzulassen. Das weiß ich jetzt, da ich das blasse Gesicht Brunos sehe, das mich anstarrt, da ich den Geruch des Zerfalls rieche, wenn ich ihn so vor mir sehe, kurz davor, diese schützende Stille zu durchbrechen. Da ich seine Worte erahne, die ihm auf den Lippen brennen. Bruno spuckt sie mir mitten ins Gesicht, ohne Bedacht. Ohne Umschweife, nicht einmal eine kurze Vorwarnung, die das Ausstoßen der fatalen Laute hinauszögern würde.

»Er ist tot«, sagt er und ein grünlicher Auswurf, halb Galle, halb Wein, schäumt aus seinem Mund.

Die Stille zerreißt, die Wahrheit begräbt mich in Form von Worten. Er ist tot. Etwas in mir zerbricht, diese schmutzige Wohnung schüttelt sich und erzittert, sogar die Ratten erschauern.

»Maltese ist tot«, wiederholt Bruno und da weiß ich es.

Der makabre Witz, die Falle, der Scherz, ich kann nicht nach Hause zurück. Wie Bruno zum Teufel schicken dafür, dass er nicht früher mit seinem Manuskript unterm Arm hinübergegangen ist, dafür, dass er mich an diesen Ort verdammt hat, dafür, dass er mich davon überzeugt hat, einem Todgeweihten zu folgen? Ich bin in dieser Scheißstadt gefangen und ich kann nichts dagegen tun. Ich habe meine Seele für nichts und wieder nichts verkauft. Irgendjemand lacht gerade, aber ich bin es nicht.

Das *A* war komplett abgewetzt. Auch das *M*, das *E* und das *F*. Das *K* und das *Z* konnte man noch ein bisschen sehen, aber nur ein bisschen. Das *W* und das *X* waren fast intakt, es waren die einzig lesbaren Buchstaben. Die restlichen Tasten waren ausgeblichen, vom Gebrauch abgewetzt. Jemand hatte sie so oft angeschlagen, dass ihre Buchstaben ganz verschwunden waren.

»Wozu willst du sie mitnehmen?«, fragte mich Bruno.

»Damit du schreibst.«

»Woher soll ich wissen, welche Taste zu welchem Buchstaben gehört?«

Ich blickte auf die Schreibmaschine, die man auf den Müll geworfen hatte, in einem halb kaputten Karton, zwischen Dosen und Essensresten. Sie hatte eine Beule an der rechten Seite und ein paar Verbrennungen von Zigaretten. Irgendein Nachbar hatte sie ihrem Schicksal überlassen und die Arme zitterte vor Kälte und Angst.

»Wenn du nicht willst, benutze sie nicht. Ich nehme sie auf jeden Fall mit.«

Ich nahm die Maschine mit Schachtel und allem und trug sie hoch in unser Zimmer. Wir hatten uns nie eine kaufen können und in Notizbücher zu schreiben war für Bruno nicht dasselbe. Er glaubte schon immer, dass Worte mehr Gewicht hatten, sobald sie auf ein weißes Blatt Papier gedruckt waren. Vielleicht würde er, wenn er seine Absätze getippt sehen würde, wie es sich gebührte, ermutigt und endlich sein Manuskript beenden.

Ich betrat das Zimmer und stellte die Schreibmaschine auf den Tisch. *Traveler de Luxe* konnte ich auf ihrer Vorderseite lesen. Mir gefiel der Name. Mit einem feuchten Tuch säuberte ich vorsichtig ihre Verbrennungen. Ich richtete ihre Delle, wischte ihre verblichenen Tasten ab, ihre metallene Oberfläche unter der abblätternden Farbe. Mit einem Stift versuchte ich, jeden Buchstaben auf den Tasten nachzuzeichnen, doch vergeblich. Die Oberfläche war aus Plastik und die Tinte zerlief. Manchmal stelle ich mir gern vor, dass an diesem Abend, als wir in die Stadt kamen und ich Malteses Silhouette am Fenster sah, er gerade auf dieser Tastatur schrieb. Es gefällt mir, mir vorzustellen, dass meine Traveler einmal seine gewesen ist und dass, wenn er unruhig auf und ab ging, dann deshalb, weil er vergeblich versuchte, die richtige Art zu finden, etwas mehr oder weniger Wahrhaftiges zu Papier zu bringen. Dass er die alten Tasten drückte, bis sie sich noch mehr abnutzten und dass er irgendwann die Unbrauchbarkeit seiner Tastatur entdeckte. Vielleicht hat er sie daraufhin in den Müll geworfen. Ein wenig später dann fand ich sie und, nichts ahnend, wollte ich sie wiederbeleben, wie jemand, der einen Toten wiederbelebt. Ich nahm einen Stift und ein Papier und erstellte eine Skizze, auf der ich den Platz eines jeden Buchstabens einzeichnete. Ich gab den Zeichen und den Buchstaben eine Ordnung. Ich ließ die Zahlen weg, die mich noch nie interessiert haben, und strukturierte das perfekte Organigramm, eine Art Handbuch, einen praktischen Führer für jeden, der gerne ohne Hindernisse schreiben würde. Vielleicht hatte auch Maltese früher einmal diesen Versuch unternommen und so wurden Bruno und ich durch eben diese Karte in diese Stadt geführt.

Jetzt, da Maltese tot ist, sind meine Schreibmaschine und meine Karte in eine Ecke verbannt. Bruno sieht sie nicht einmal an. Seit er die Nachricht erhielt, hat er ein wenig den Kopf verloren, er trägt ihn wirklich nicht mehr auf dem Hals, viel eher auf der Höhe des Bauchnabels, in der Nähe seiner Eingeweide, seiner neuen Innerei, dieser rissigen, brüchigen Verdickung. Er bestand darauf, Maltese zu beerdigen. Er wollte alles aufgeben und zur Beerdigung dort drüben in Santiago fahren. Er wollte den Leichnam sehen, ihn beweinen, sich verabschieden. Doch es reicht nicht einmal für das U-Bahn-Ticket und noch weniger, um in den Süden zurückzukehren. Bruno weiß das, aber seine betrunkene Leber funktioniert ein bisschen schneller als sein Kopf. Als er endlich verstand, dass es keine Beerdigung, keine Trauerfeier, Klageweiber, Blumen noch sonst etwas dieser Art geben würde, suchte er sich einen alten schwarzen Anzug in einer Mülltonne und legte ihn sich wie eine Rüstung an.

»Wir sind in Trauer, Gringa«, ruft er mir vom Balkon aus zu. Er schaut in Malteses leere Wohnung auf der anderen Straßenseite und schüttet alles in sich hinein, was ihm zwischen die Finger kommt.

Meine Traveler schaut traurig aus ihrer Ecke hervor und hofft darauf, von seinen Händen bedient zu werden. Die Arme, manchmal glaube ich, sie weint. Gib deinem Vater Zeit, mein Mädchen, irgendwann wird er schreiben wollen. Ich vermute, dass wir noch lange so bleiben werden, Hinterbliebene ohne Leichnam, ohne Beerdigung, die Trauer aus der Ferne exerzierend, ohne einen Sarg, über den wir uns weinend beugen könnten.

Maltese sagte, als erstes komme der Titel. Man müsse der Geschichte einen Namen geben, die leere Seite taufen. Es sei egal, wenn er sich danach ändere, sich verdrehe oder man nach einem besseren Beinamen suche. Niemand kann zur Welt kommen ohne Geburt. Warum sollte eine Erzählung eine Ausnahme sein. Ich habe ein paar Seiten getauft, vor meiner Schreibmaschine sitzend, habe versucht, ihnen für etwas, irgendetwas, Leben einzuhauchen. *Blanca*, *Emilia*, *Marion*. Aus irgendeinem Grund kommen mir nur Frauennamen in den Sinn und von ihnen ausgehend, versuche ich, etwas zu erfinden. Nie etwas sehr Gutes. Das liegt an der Uhrzeit, da bin ich mir sicher. Bruno ist es eingefallen auszugehen, sich bis zum Morgengrauen auf der Straße herumzutreiben, und mir fällt es schwer, die Augen zuzumachen, ihn da draußen wissend. Ich tippe und tippe, irgendetwas, nur damit die Zeit vergeht, nur damit ich ein wenig müde werde, um ein bisschen zu schlafen, und wenn es nur für einen Augenblick ist, bevor die Sonne aufgeht. Manchmal nehme ich wahllos ein Buch, um meinen Blick auszuruhen. Ich lese noch einmal Maltese, döse ein wenig und da kann ich ihn vor mir sehen, wie nie zuvor.

Sein Bild ähnelt dem auf diesen alten Fotos, die Bruno von ihm hat, diese, die von Hand zu Hand weitergereicht werden, die man in Antiquariaten gefunden hat. Der schwarze Anzug, die blaue Pipe in seinem Mund, aus der Rauch aufsteigt, der sein knochiges und schmales Gesicht verzerrt. Als Erstes kommt der Titel, sagt er zu mir und lädt mich ein, auf der Schreibmaschine zu tippen, als ob ich es gewesen wäre, die dafür hergekommen ist. Als ob die Fakultät, die ich so sehr vermisse, die Bücher, die Forschung nicht ganz meine Sache wären. Ich kann nicht schreiben, Maltese. Geh und suche Bruno in seinen Träumen heim. Sag ihm, dass er endlich seinen Roman fertig schreiben soll, denn das ist die einzige Möglichkeit, von hier wegzukommen. Er soll ihn veröffentlichen, man soll ihm einen Scheck geben, der uns zurück nach Santiago bringt und mir die Seele zurückgibt, die ich an diesem verfluchten Ort verpfändet habe. Im Schreiben kannst du den Himmel berühren, sagt er zu mir und verschwindet, so wie man in Träumen verschwindet.

Laut klopft es an der Tür. Mit einem Satz werde ich wach und öffne sie. Eine Frau hat Bruno im Schlepptau. Der schwarze Anzug ist schmutzig und unordentlich, ein Schuh ist kaputt, mit einem Baumwollfaden zusammengebunden, damit der große Zeh nicht rausschaut, er hält eine Weinflasche in der Hand.

»Das macht zehn«, verlangt die Frau. Es ist eine der Huren von unten, ich habe sie vom Balkon aus gesehen.

»Mach das mit ihm aus, ich habe kein Geld.«

»Sag ihm, er soll vorbeikommen ...«

Maltese sagte einmal, dass du im Schreiben an die Pforten des Himmels klopfen könntest. Einen Ort ohne Zeit und Regeln erreichen könntest, wo alles möglich sei. Eine Kopie dieser Welt, aber nach den Maßstäben desjenigen, der schreibt. Maltese sagte, dass das nicht so schwer sei. Die Worte seien der Schlüssel, es genüge, ihrem Rhythmus zu folgen, ihren Pulsschlag zu fühlen, sie spielen zu lassen, zuzulassen, dass sich eines über ein anderes schiebt, hinwegsetzt, wie auf einer Rolltreppe. Er sagte, man müsse ihnen Raum geben, den Worten, zulassen, dass sie sich ihren Verzückungen hingeben, ihren Launen. Nur durch sie könne man einen neuen Rhythmus erfinden, einen anderen Swing. Synkopierte Wörter, die die Pausen unterbrechen, rhythmische Wörter, die sich langsam erheben, die abheben, die fliegen und die dich, so sagte Maltese, durch eines von ihnen, wenn du Glück hast, an die Pforten des Himmels klopfen lassen.

»Ärgere dich nicht, Gringa«, sagt Bruno zu mir, während er sich bis zur Schreibmaschine schleppt, »ich habe gute Nachrichten.«

Aus der Tasche seines schwarzen Anzugs zieht er einen zerknitterten und schmutzigen Umschlag.

»Rate, wer geschrieben hat.«

Ich kann nicht lesen, wer der Absender ist, die Tinte ist zerlaufen, der Umschlag voller Weinflecken.

»Mach ihn auf! Lies ihn!«

Ich mache ihn auf und erkenne die Schrift, ich habe sie schon einmal gesehen. Ich bekomme eine Gänsehaut. Ich erkenne diese so individuelle Art und Weise, die Sprache zu benutzen, diese Art, die Punkte wegzulassen, sich auf die Kommas zu stützen. Wortketten, die sich mit teuflischer Kraft auf das Papier ergießen. Sie spielen miteinander, tanzen zu einem pulsierenden Takt, scheinen eher eine Saxofonimprovisation zu sein, als ein Brief mit Anrede und Abschied.

»Bruno, was ist das?«

»Ein Brief. Ich habe ihn gefragt, ob er mir helfen kann, weißt du? Er hat meinen Roman gelesen, er kommt heute Abend.«

Bruno ist so betrunken, dass ich kaum verstehe, was er sagt. Ich möchte nicht diskutieren, ich habe keine Lust, ihm zu sagen, dass ich diesen Witz ziemlich geschmacklos finde.

»Ich werde arbeiten, Gringa. Ich muss ihn beenden, damit er ihn liest.«

Bruno schleppt sich so gut es geht zur Schreibmaschine. Zum ersten Mal setzt er sich davor. Er zieht sein Manuskript heraus, mustert es schnell und beginnt, entschlossen und beharrlich zu tippen. Er braucht meinen Lageplan nicht, er kennt den Ort jeder Taste, als ob er jahrelang auf ihr gearbeitet hätte. Die Traveler lacht beim Kontakt mit seinen Fingern. Ich vermute, dass Maltese auch in seinen Träumen auftaucht, dass es nur das ist, die Erscheinung eines Betrunkenen, die ihn jetzt zur Erfindung seines eigenen Himmels anstiftet. Die Ratschläge für uns, die wir in diese Stadt kamen, die so lang ersehnte Hilfe. Die unbegliche Schuld.

Linie 66. Der schwarze Tunnel zieht sich unendlich hin. Das Licht im Waggon fängt an zu flimmern, geht an und immer wieder aus. Die Stadt erscheint mir so groß, die Wege so lang. Durch das Fenster sehe ich den schwarzen Tunnel und über ihm sind der Fluss, die Häuser, der Turm, die Parks. Durch sie schlenderte ich mit Bruno an meiner Seite. Jetzt tauche ich alleine in die Stadt ein und stelle mir vor, dass ich mich an der nächsten Haltestelle mit einem bekannten Menschen treffen würde, mit jemandem, der meine Sprache sprechen, mich fest umarmen und mir sagen würde: Das hier ist dein Schicksal, oben warten dein Haus, dein Land, deine Leute. Aber so ist es nie, ich bin in der Maltese-Stadt, ich irre umher ohne einen Führer, ohne Anhaltspunkt. Mein Schicksal erleidet Schiffbruch in einem Glas Rotwein. Bruno in einer Bar, Bruno betrunken, umgeben von Huren. Bruno mit gereiztem Darm, ständiges Erbrechen. Der schwarze Tunnel verblasst und der Zug fährt in die Endhaltestelle ein. Das chinesische Viertel. Niemand wartet auf mich.

»Hallo, Pablo, Bruder ...«

»Gringa, bist du das? Warum hast du nicht angerufen? Wie geht's dir? Wie laufen die Dinge?«

»Gut ...«

»Hier ist es Nacht. Ich habe mich erschreckt, als ich das Telefon so spät klingeln hörte, ich dachte es sei sonst etwas. Sicher, dass es dir gut geht?«

»Mir ist kalt, Pablo.«

»Und hier fängt die Hitze gerade an, uns umzubringen. Brauchst du etwas? Wie geht es Bruno?«

Bruno ist in der Wohnung, Pablo. Er wartet auf Maltese. Erinnerst du dich an ihn? Dort in Santiago sprach Bruno wie ein Verrückter über seine Bücher. Weißt du noch? Nun gut, jetzt stellt sich heraus, dass Maltese tot ist und Bruno wartet weiter auf ihn. Er wartet auf einen Toten, kannst du das glauben? Er hat sich einen Brief ausgedacht, in dem steht, dass Maltese heute direkt aus Santiago de Chile kommt und ich, die ich schon nicht mehr weiß, was ich tun soll, komme hierher und rufe dich an, Pablo. Ich möchte, dass du mir etwas sagst, irgendetwas, das mir hilft, diese vier Stockwerke mit ein bisschen Autorität hinaufzugehen und Bruno zu sagen, dass es reicht, dass ich ihm dieses Mal nicht folgen werde, dass ich schon genug damit getan habe, mich an diesen Ort zu fesseln. Ich kann nicht mehr, auch wenn ich alles dafür geben würde, ihn endlich vor dieser Schreibmaschine sitzen zu sehen, auch wenn es das sein sollte, was er braucht, um seinen Roman zu beenden und wieder da zu sein, um noch einmal mit mir in der U-Bahn zu fahren.

»Bruno geht es gut, Pablo. Uns beiden geht es gut. Küsschen, Tschüss.«

Das chinesische Viertel. Das Gebäude in der Mitte. Vierter Stock. Das Licht brennt im Fenster. Ich öffne die Tür und stehe vor Bruno, der eine schmale blaue Pfeife raucht. Er ist so betrunken wie immer, nur mit geschwollenen und roten Augen.

»Schau mal, was er mir gebracht hat.«

Bruno zeigt mir die Pfeife und fängt an zu weinen, als ob er auf mich gewartet hätte, um das endlich tun zu können. Wir schauen über den Balkon zu Malteses Wohnung hinüber. Sie ist dunkel, leer, so wie immer. Bruno umarmt mich ungeschickt. Ich gebe mich ihr hin, dieser so lang ersehnten Geste. Die Traveler schaut uns lächelnd an, glücklich, uns zusammen zu sehen. Es tut gut, so zu sein, an seine übel riechende Kleidung geschmiegt, es ist egal, dass er auf meinen Kopf rotzt, dass er mein Haar mit seiner Spucke, die nach Wein riecht, benetzt. Sein schwarzer Anzug ist so schmutzig, dass die Tränen über den Stoff kullern, ohne ihn nass zu machen, das Gewebe glänzt vor Talg. Der Gestank von Monaten, überdeckt vom Tabak der neuen blauen Pfeife. Eine Mischung aus Vanille und Abfall. Das ganze Zimmer riecht danach.

»Er ist da, Gringa«, sagt er weinend und ich schaue auf die andere Straßenseite, als ob ich ihn so sehen könnte, »wir müssen uns um nichts mehr sorgen. Endlich ist er bei uns.«

Maltese sagte einmal, dass es einen Punkt gibt, an dem alles ein Eigenleben entwickelt. Die Erzählung entgleitet deinen Händen, bis du nicht mehr ihr Eigentümer bist. Maltese sagte, dass du dich diesem Moment ausliefern musst, dass du keinen Widerstand leisten darfst, dass das die erste Sprosse auf einer Leiter nach oben ist, von der du nicht wieder absteigen kannst. Es liegt viel hinter dir, der Fall ist groß, wenn du es bereust, wenn es dir Angst macht, wenn du dich nicht mehr traust.

Ein Geruch nach Verwesung hat sich in meine Nase eingebrannt. Es ist ein saurer Gestank, von einer Ratte, die irgendwo in der Nähe verwest. Ich mache das Licht an und versuche, dem schlechten Geruch auf die Spur zu kommen, mal sehen, was ich finde. Bruno ist nicht da. Ich suche in der Wohnung, aber ich kann nichts sehen. Der Geruch führt mich auf den offenstehenden Balkon, auf die Straße. Ich lehne mich hinaus und unten drängen sich die

Prostituierten zusammen und schauen zum Maltese-Haus. Seine Wohnung ist erleuchtet, ein schwacher Lichtschein lässt eine dunkle Gestalt hinter dem Fenster erkennen. Der Geruch ist zu stark, ich kann mich nicht weiter hinauslehnen. Ich schließe mit Gewalt die Balkontür. Ich muss mir das Gesicht waschen, die Hände, den Körper. Ein Leichengeruch liegt in der Luft und klebt in meinen Haaren. Ich blicke noch einmal durch die Scheibe und sehe die dunkle Gestalt im Kerzenschein. Wo ist Bruno? Unmöglich zu schlafen. Ich nehme die Schreibmaschine und schreibe.

Liebster Pablo, ich bin es, deine Schwester. Es ist spät am Abend, ich bin allein und jemand beobachtet mich aus dem Gebäude gegenüber. Ein Toter, jemand, der früher dort lebte und jetzt zurückgekehrt ist, ein Geist, ich weiß nicht genau, wie ich ihn nennen soll. Ich habe Angst. Wenn ich ein Telefon hätte, würde ich dich anrufen, aber ich besitze nur diese Schreibmaschine, auf der ich nachts schreibe, wenn ich nicht schlafen kann. Ich schreibe Erzählungen, weißt du? Endlich hab ich mich dazu durchgerungen, das zu tun, so wie du mir geraten hast. Ich habe daran gedacht, sie Bruno zu zeigen, um zu sehen, was er dazu meint, um zu wissen, ob sie funktionieren, ob ich weitermachen soll, aber ich traue ihm nicht mehr. Er hat kaum mehr die Klarheit, seine eigenen Sachen zu lesen. Wen soll ich fragen? Ich weiß doch nichts von diesen Dingen, ich habe immer nur gelesen, nie geschrieben, dafür bin ich auch nicht hierhergekommen. Aber wozu bin ich hergekommen? Im Moment habe ich meine Geschichten ein wenig vernachlässigt, weil ich mir einen Streifen Valium und eine Flasche Schnaps besorgt habe, um schlafen zu können. Bruno weiß das nicht. In erster Linie, weil er nicht hier schläft und dann, weil er die Flasche, die bei mir tagelang vorhält, in einem Moment leeren würde. Es war schwierig, sie zu bekommen, wir haben kein Geld und irgendwie muss ich an welches kommen, wenn ich mir einen Luxus wie diesen erlauben möchte. Ich habe all meine Sachen verkauft, meine Kleider, mein Radio, meine Kassetten. Ich bin nur noch ein Paar alte Hosen, ein Hemd Brunos und diese Schreibmaschine. Es ist eine Traveler. Eine Traveler de Luxe. Ich habe daran gedacht, morgen die Fliesen auf dem Balkon zu verkaufen. Es ist das einzig Brauchbare in dieser Wohnung. Es gibt keine Möbel mehr, keine Vorhänge, nichts. Die Fliesen sind lose und ich glaube, dass ich noch etwas dafür bekommen könnte. Bruno wird es nicht bemerken. Bruno merkt gar nichts mehr. Das Einzige, was er macht, ist zu versuchen, seinen Roman zu beenden. Er tippt den ganzen Tag auf eben dieser Schreibmaschine. Er möchte einen ersten Entwurf schreiben, um ihn dem Nachbarn gegenüber zu zeigen. Dem, der mich immer beobachtet, zumindest denke ich das. Ich habe Angst. Ich wünschte, du wärst jetzt bei mir. Wie es wohl der Fakultät ergeht? Bruno kommt zurück, ich höre ihn die Treppen hochsteigen, hinfallen und wieder aufstehen, zur Tür gehen und wie er versucht, sie zu öffnen, ein, zwei, drei Mal. Der Morgen graut und Maltese beobachtet mich nicht mehr, sein Bild ist von diesem mit Zeitungen bedeckten Fenster verschwunden. Ich würde dir gern diesen Brief schicken, Bruder, aber ich weiß, dass ich das nicht tun werde. Auf jeden Fall schicke ich dir einen dicken Kuss, irgendwie wirst du ihn schon erhalten.

»Ich darf nicht schlafen, Gringa, lass das nicht zu.«

Bruno schleppt sich bis zur Schreibmaschine und zieht ein weiteres Mal sein halb geschriebenes Manuskript hervor. Die Arme voller Nadeleinstiche. Ich wüsste gern, woher er das Geld nimmt, um sich die ganze Scheiße reinzuziehen. Ich muss das Unmögliche möglich machen, um mir ein bisschen Valium zu besorgen, ein bisschen Schnaps oder zu guter Letzt Gras, um schlafen zu können.

»Ich muss dieses Manuskript beenden und es ihm vorlesen. Er ist krank, ich weiß nicht, ob er noch länger auf mich warten kann. Ich muss mich beeilen.«

»Ich werde die Fliesen auf dem Balkon rausreißen«, sage ich, »ich will sie auf dem Markt verkaufen. Ich denke auch daran, die Türbeschläge abzumachen.«

»Ich darf nicht schlafen. Ich brauche was, Gringa, wenn ich nicht irgendetwas nehme, schlafe ich ein.«

Ich habe keine Zeit, die Wohnung auseinanderzunehmen. Bruno braucht ganz schnell etwas, also gehe ich raus und renne die fünfundneunzig Treppenstufen hinunter, so schnell ich kann. Ich weiß, wie ich an Geld komme. Oben tippt er auf der Traveler, ich höre die Anschläge der Tasten, die in der ganzen Wohnung dröhnen. Es ist ein perfektes Geräusch, klar, sicher. Ein monotoner Klang, der meine Schritte untermalt, die Begleitmusik auf meinem Weg. Eine Taste nach der anderen. Ein Buchstabe, noch einer. Eine Straße, eine Ecke, noch eine Ecke, eine Hure, die Metzgereien, die Kneipe, noch mehr Huren, die Gasse, der Müllabladeplatz, noch eine Straße. Der Markt. Alles voll. Egal zu welcher Uhrzeit, der Markt ist immer voll, immer ist jemand da, der etwas verkaufen oder kaufen möchte.

»Ich kann dir nicht viel geben, es ist gefärbt.«

Der Schwarze sagt das zu mir und ich sage nein, dass das meine Naturhaarfarbe ist, dass meine ganze Familie sie so trägt, meine Großmutter starb mit ihren blonden Härchen auf dem Kopf, die arme Alte, nie habe ich sie auf dem Friedhof besucht, jetzt bin ich so weit weg, weit weg von zu Hause, von meinem Bruder, von meinen Toten. Alle blond, meine Toten.

»Wie viel, also?«, frage ich ihn.

»Es ist sehr verfilzt ... Fünf.«

»Acht.«

»In Ordnung.«

Der Schwarze holt eine Schere aus seiner Tasche und schärft sie am Bordstein. Ein paar Huren nähern sich, um bei dem Eingriff zuzusehen. Sie sammeln ein paar Haarbüschel vom Boden auf, legen sie sich auf ihre Köpfe, spielen, für einen Moment blond zu sein. Der Schwarze schreit sie genervt an und schneidet weiter. Sie achten nicht auf ihn, lachen mit meinen Haaren auf ihren Köpfen und plötzlich sehe ich mich sechsfach, sechs verschiedene Versionen meines Kopfes, die um mich herumschwirren. Ob sie wohl wissen, warum sie hier sind? Meine Mutter hat es mir einmal gesagt: »Du hast etwas von einer Nutte, Gringa«, und ich habe mich so sehr darüber geärgert, ich dachte, das sei eine Beleidigung. Dieser chilenische Konservatismus reicht einem bis ins Mark. Aber jetzt sehe ich, wie sie vergnügt an meiner Seite quietschen, alle blond wie Engel, wie Cherubim. Maltese sagte einmal, dass man, um zu schreiben, sich prostituieren, man seine Seele an den Teufel verkaufen muss und dann, mit der Zeit und der Energie, die blieben, versuchen müsse, den Himmel zu erreichen. Sie sind auch damit beschäftigt, es ist egal, dass sie nicht schreiben wie Bruno oder ich. Sie können das auch tun, sie können auch versuchen, an die Pforten des Himmels zu klopfen. Vielleicht bin ich deshalb hier. Ich frage mich oft, ob der Himmel für alle gleich ist. Es gibt keinen Grund, warum meiner, der, den ich zu erreichen versuche, dieselben Maße haben muss wie der der anderen. Ich meine, dass jeder das tun muss, was er kann, um das Stückchen zu erreichen, das ihm zufällt. Bruno, zum Beispiel, hat Maltese in seinem Himmel platziert. Er hat ihn in diese Wohnung gegenüber gesperrt, er hat ihn krank werden lassen und sich ihm all die Zeit verschrieben. »Er ist so krank, Gringa, jemand muss sich um ihn kümmern, ich werde nicht zulassen, dass er allein bleibt, dass er dort wie weggeworfen stirbt, ich muss ihm Gesellschaft leisten.« Brunos Himmel reduziert sich darauf, dass er Maltese nächtelang sein Manuskript vorliest. Brunos lesende Stimme ist ein sich wiederholendes Mantra, von hier bis ins Unendliche, Stunde um Stunde, das die Wände seines Himmels mit seinem monotonen Klangteppich auskleidet. »Wenn ich nicht vorlese, stirbt er mir weg, Gringa, ich muss ihm noch mehr geben, etwas Gutes, wenn es nicht gut ist, gefällt es ihm nicht, dann wird er kränker, dann hustet er viel. Ich muss schreiben, Gringa, ich muss etwas verfassen, das ihn beruhigt und das ist so schwierig.« Mein Zimmer ist das einzige Bollwerk des Universums, das sich fern vom Maltese-Himmel aufhält. Ich bleibe draußen, es gibt keine Möglichkeit für mich, eine Eintrittskarte zu kaufen. »Komm mit mir, Gringa, ich habe ihm erzählt, dass du jetzt schreibst, er möchte dir seine Meinung dazu sagen. Wenn du mir deine Erzählungen nicht zeigst, dann lass doch wenigstens ihn sie lesen.« Vom Balkon meiner Wohnung aus sehe ich Bruno ein und aus gehen. Ich sehe zu, wie er sich vor der Schreibmaschine umbringt, wie er wie ein Verrückter schreibt, sich die Arme zersticht, wie er unmenschliche

Kräfte darauf verwendet, wach zu bleiben. Von hier aus stelle ich mir diesen Auswuchs namens Maltese vor, den Bruno dort gegenüber eingesperrt hält. Ich versuche, ihm eine Form zu geben, einen Sinn, aber ich kann nicht, es ist sein Himmel, dazu habe ich keinen direkten Zugang.

»Wir sind fertig.«

Der Schwarze hört auf zu schneiden und reibt mir mit der Hand über den Nacken. Da ist nichts, gerade mal noch ein dunkler Flaum, so anders als die Strähnen, die er jetzt von den Köpfen der Huren zerrt. Wir blicken uns an, sie und ich. Jetzt ist keine mehr blond, wir sind alle gleich.

Bruno häutet sich, er zerfällt. Das ist keine Metapher, es ist einfach so. Seine Haut ist hier in der Stadt vertrocknet, vielleicht vom Tabak oder der ganzen Scheiße, die er in seinen Körper reinpumpt. Er ist voller Schuppen, die sich nach und nach lösen und überall hinfallen. Ganz feiner Schorf, der seinen Oberkörper, den Hals, die Hände bedeckt. Er ist nicht mehr der Kerl, den ich kennengelernt habe. Er ist eine schlechte Version desjenigen, der mich in diese Stadt gebracht hat.

Die Maltese-Kneipe, am ersten Abend, als wir ankamen, waren Bruno und ich dort gewesen. In diesem Damals war Bruno noch Bruno. Die Logik führte unseren Weg in das Lokal, in dem Maltese schrieb, wo er trank, wo er sogar sang, wenn der Besitzer als kleine Aufmerksamkeit ein paar chilenische Weisen für ihn auflegte. Wir setzten uns an Malteses Tisch, tranken Bier und dann baten wir um eines dieser Lieder. Der Besitzer lachte, denn niemand, außer Maltese, fragte jemals nach dieser weinerlichen Musik und dann legte er etwas mit vielen Harfen und Gitarren auf und ein paar Frauenstimmen begannen mit dem traurigen Wehklagen, den diese Lieder immer mit sich bringen. Bruno nahm mich bei der Hand und wir tanzten etwas, was wir noch nie getanzt hatten, Seufzer, Weinen. Trotz allem war ich glücklich, bei ihm zu sein, ihn begleitet zu haben, mich um ihn kümmern zu können. Der Mutterkomplex blühte in jeder einzelnen Pore auf. Die verhinderte Mutterschaft, die Säuglinge sucht, wo es sie nicht gibt, die die Brust jedem anbietet, der davon trinken möchte. Weil ich Komplexe habe, bin ich hier, überzeugt davon, dass ich Bruno trotz seiner ganzen Verrücktheit nicht verlassen kann. Überzeugt, dass es unmöglich ist, die Schnur zu zerschneiden, dass es meine Mission ist, seinen Himmel zu nähren. Unmöglich, jetzt abzutreiben, egal, was ich zu sagen oder zu tun hätte.

Was hat dir Maltese über den Roman verraten, Bruno? Das Ende? Dann überarbeite es doch. Versuche es noch einmal, schreibe. Ich empfehle dir mehr Spritzen, Kaffee, Essen. Ja, ich schreibe nachts, während du gehst und ihm vorliest. Nein, ich werde ihm meine Erzählungen nicht bringen, Bruno, ich will nicht, dass er sie liest, es ist mir egal, dass er sie braucht, es ist mir egal, dass es ihm schlechter geht, wenn er nicht etwas Gutes liest, es ist mir egal, dass er im Sterben liegt, es ist mir egal, ob er vermodert, dass er stirbt, mir ist alles egal, außer dass du dein Buch beendest, einen Scheck erhältst und mich von hier fortbringst. Mach schon, Bruno. Ich bin so müde. Du kannst Cervantes wieder zum Leben erwecken, wenn du willst, aber hol mich hier raus.

Ich komme zum Haus und finde meine Traveler im Müll. Sie liegt in derselben Kiste, in der ich sie gefunden habe. Ihre Brandflecken von Zigaretten, ihre Tintenflecken, alles noch genauso, bis auf ein paar Blutstropfen auf ihren ausgeblichenen Tasten. Meine Traveler blickt mich angsterfüllt an. Sie zittert. Was ist mit dir passiert, mein Mädchen? Warum bist du hier? Ich hebe sie vorsichtig auf, wie jemand, der einen Kriegsverletzten hochhebt. Ich höre ihr Metall krachen, ihre Tasten klappern, meine Traveler blutet.

»Warum hast du sie weggeworfen?«

»Ich brauche sie nicht.«

Bruno sieht mich nicht an. Er raucht seine blaue Pfeife, die nach Vanille und Gras riecht, spaziert von einer Seite auf die andere, ohne Unterlass, ohne stehenzubleiben, um mit mir zu reden, sich zu entschuldigen, die im Sterben liegende Traveler zu betrachten, die ich in den Armen trage.

»Ich ertrage den Lärm dieser Maschine nicht mehr. Sie schlägt reine Dummheiten an, nichts von Gewicht, nichts Gutes.«

Er hebt den Blick nicht, er geht weiter auf und ab. Er ist so dünn, dass ich ihn gar nicht mehr wiedererkenne, seine violetten Augenringe, seine hervorstehenden Wangenknochen. Seine verwelkte und trockene Gesichtshaut schält sich. Wie eine Echse, wie eine Schlange, die sich häutet.

»Die Buchstaben auf dieser Tastatur sind durcheinander, die Worte entgleiten mir, sie geraten in Unordnung.«

»Auf was willst du jetzt schreiben?«

»Mit der Hand, so wie er.«

Es gibt verschiedene Formen der Trunkenheit. Bruno ist in ihnen allen zu Hause, aber es gibt zwei, die er am liebsten hat, und diese hier ist eine davon. Seine Augen bedecken sich mit einem gläsernen Schleier und wenn man sie sieht, ist es schwierig zu sagen, ob es tatsächlich er ist, der sich auf der anderen Seite befindet. Ich versuche, seinen Blick zu durchdringen, ihn irgendwo in diesen Augen zu finden, aber Bruno ist schon nicht mehr Bruno.

»Mit der Hand schreiben wie wer, Bruno? Scheiße, glaubst du, ich bin blöd?«

Zum ersten Mal sieht er mich an, wundert sich kurz, zweifelt, als ob es nicht ich wäre, die er da neben sich hat.

»Wenn du willst, dann schließe dich doch für den Rest deines Lebens dort drüben ein! Schreibe, was dir einfällt, für ihn oder für wen auch immer du erfinden willst, aber lass mich und meine Schreibmaschine da raus!«

Brunos knochige und ausgetrocknete Hände. Seine in diesen schwarzen, abscheulichen Anzug gehüllte Gestalt, voller Flecken von Erbrochenem und Wein. Nie die leisesten Anstalten, ihn zu lüften oder ein wenig zu reinigen. Bruno macht schon keine Anstalten mehr. Er übergibt sich, trinkt, wirft unsere Schreibmaschine in den Müll.

»Ich kann dir nicht mehr folgen, Bruno. Das ist zu viel für mich.«

Meine Schreibmaschine bei mir. Ich lasse sie nicht los, ich werde sie nie wieder loslassen. Keine Sorge, mein Mädchen, niemand wird uns trennen, wenn es hier jemanden gibt, der zu nichts mehr nutze ist, dann sicherlich nicht du. Ich erblicke Brunos Hautschuppen, die überall in der Wohnung herumliegen und am Holz des Parkettbodens kleben. Eine sanfte Brise weht von draußen herein und hebt sie mit einem Luftzug hoch, der durch das ganze Zimmer zieht. Brunos Haut fliegt durch die Luft, fliegt durch das offene Fenster davon, schwebt über die Stadt.

»Geh, Bruno! Ich will dich nicht mehr hier haben.«

Bruno oder das, was von ihm übrig ist, hustet. Blutstropfen spritzen aus seinem Mund und beflecken das weiße

Schreibpapier. Es ist mir egal, dass er krank ist, es ist mir egal, dass er hustet, dass er zerfällt. Es ist mir egal, dass er verwest.

Ich bin fertig damit, die Wohnung zu zerlegen, Pablo. Es gibt nichts mehr hier, ich habe alles rausgerissen. Als Letztes die Fensterscheiben, ich habe sie eine nach der anderen verkauft, bis mir nichts mehr blieb. Ich habe sie mit Zeitungspapier ersetzt und jetzt kommt nicht mehr viel Licht hinein. Ich habe keine Glühbirnen, die habe ich auch verkauft. Ich benutze Kerzen, die ich mir von einem Altar, an dem die Huren beten, geklaut habe. Eine Art Schrein, weißt du? Er war nicht da, als wir hier ankamen, sie haben ihn nach Malteses Tod aufgestellt, sie haben ihn dort in der Ecke aufgebaut und jeden Tag beten sie davor.

Ich bin allein, Pablo. Bruno ist weg. Die Einzige, die mich begleitet, ist meine Traveler. Ich schreibe Tag und Nacht auf ihr. In einem Monat werden sie mich aus dieser Wohnung werfen, aber ich glaube, wenn ich etwas Gutes zusammenbekomme, bevor das passiert, dann interessiert sich vielleicht jemand dafür und veröffentlicht es. Vielleicht bezahlen sie mich dafür, aber ich will kein Geld. Ich möchte ein Ticket, nur das, weg von hier. Aber das ist so schwierig. Ich habe keine Parameter, ich habe keine Meinungen, ich habe nur Maltese, sobald ich einschlafe. Er beobachtet mich von seinem Fenster voller Zeitungspapier aus, das von einem schwachen Licht, einer Kerze, beleuchtet wird. Sicher ist auch sie von dem Altar, sicherlich bringen sie eben diese Huren dahin mit, die jeden Tag in seine Wohnung gehen, immer eine andere, als ob man, um an seinen Himmel klopfen zu dürfen, eine Nutte werden müsste. Diese Engel, diese blonden Cherubim, die um mich herum kreischten vor

Verzückung. Wenn Bruno das gewusst hätte. Wo er wohl gerade sein wird, Pablo? Der meine, nicht der, der mich von gegenüber, in ein Monstrum verwandelt, ausspioniert. Ich vermisse den Bruno, den ich in Santiago de Chile kennengelernt habe, im Wohnzimmer deines Hauses. Manchmal schmuggle ich mich in die U-Bahn und suche ihn, ich nehme alle Linien, alle Rundbahnen, fahre durch alle Tunnel. Maltese hat ihn verschluckt und jetzt will er auch mich. Er sucht mich von seinem Fenster aus heim, wenn ich einschlafe, er setzt mich unter Druck, damit ich schreibe, damit ich ihm etwas Gutes bringe, damit ich ihn am Leben halte, aber ich bin nicht in der Lage, das zu tun. Eine Hure geht bis zu seinem Haus und öffnet die Tür, um hochzugehen und ihn zu besuchen. Sie trägt eines meiner Kleider, eines derer, die ich auf dem Markt verkauft habe. Es steht ihr gut, viel besser als mir. Die Hure geht hoch und ich schreibe. Ich schreibe meine Erzählungen oder diesen Brief, den ich dir auch nicht schicken werde, Pablo. Gib dir einen Kuss von mir und bitte jemanden, dass er für mich betet. Ich habe einen Monat, um meine Seele zurückzugewinnen, und ich bin nicht sicher, ob ich das schaffe.

Ich brauche ein Kleid, irgendeins. Etwas, das ich gegen diese Hose und diese Bluse eintauschen kann. Ich weiß, dass sie nicht mehr sehr gut aussehen, ich weiß, sie sind alt und schmutzig, aber ich kann mit nichts anderem bezahlen. Meine Schreibmaschine kann ich nicht hergeben, es ist eine Traveler de Luxe, ich werde sie nicht für ein Kleid hergeben, mit ihr schreibe ich, da bin ich lieber nackt, aber meine Schreibmaschine gebe ich nicht her. Es ist mir egal, wenn ich nichts erreiche, ich könnte trotzdem arbeiten. Ich muss irgendwo eine Bleibe finden.

»Borgst du mir ein Stück von deiner Ecke? Ich will sie dir nicht wegnehmen, ich will hier nur nachts stehen, nur ein Weilchen, nur so lange, bis mich jemand mitnimmt und mich irgendwohin bringt. Ich habe meine Wohnung verloren, weißt du? Ich suche nur einen Platz, wo ich die Nacht verbringen kann, ist mir egal, was ich dafür tun muss, solange ich unter einem Dach schlafen kann, gibt es kein Problem. Tagsüber werde ich dich nicht stören, tagsüber schreibe ich. Das mache ich auf dieser Schreibmaschine hier. Ich schreibe Erzählungen, ich weiß nicht, wie sie sind, ich habe niemanden, den ich fragen könnte, aber ich schreibe sie den lieben langen Tag. Ich möchte nur ein Stück von dieser Ecke, wenn die Nacht hereinbricht. Was sagst du?«

Die Hure betrachtet mich von oben bis unten. »Du kannst nicht nur eine halbe Nutte sein«, sagt sie zu mir, »wenn du eine sein willst, dann mit allem, mit Ecke und mit Kleid.« Sie nimmt mich am Arm und zerrt mich durch das Viertel, wir eilen durch die Gassen. Ich lasse mich führen, ich gebe mich hin, ich leiste keinen Widerstand. Wie auf einer Rolltreppe trägt es mich nach oben, wenn ich jetzt bereue, dann kenne ich mich hinten und vorne nicht mehr aus, ich kann nicht zurück. Wir gehen an allen Ecken vorbei, wir rufen die restlichen Huren zusammen. »Wenn du anfangen willst, müssen dich alle kennenlernen, sie müssen wissen, dass du dabei bist.« Sie kommen aus den Häusern, aus den Großwohnsiedlungen. Sie tauchen an ihren Ecken auf, strömen aus der U-Bahn, den Bars, aus den Fleischereien. Sie versammeln sich um uns herum, sie folgen uns, wir sind ein großer Aufmarsch durch das ganze Viertel, bis wir zu dieser Ecke kommen, zu diesem verhexten Altar, diesem Schrein, eine riesige Gruppe vor den Kerzen, die mit geschlossenen Augen betet. »Maltese, der du bist im Himmel«, sagen sie, »dein Reich komme«, und ich betrachte ihre bunte Kleidung, ihre leuchtenden Kleider, so anders als diese verknitterte Bluse, als diese zerschlissene Hose, ihre glänzenden Schuhe, ihre Handtaschen, ihre Ohrringe, ihre Schminke, und ich bleibe draußen, ich kann nicht eintreten, ich habe kein Kleid, ich habe keine Ecke, ich kenne das Gebet nicht. »Maltese, der du bist im Himmel«, und die Huren beten weiter und weiter, bis ein abschließendes Amen zu hören ist und alle verstummen und mich lächelnd anschauen. Puffmütter, die mir erschienen sind, Schutzengel. Sie ziehen mich aus, nehmen mir meine abgenutzte Kleidung ab und kleiden mich in Rot, in ein enges und glitzerndes Kleid. Sie küssen mich auf den Mund, lassen ihr Rot auf meinen Lippen zurück, geben mir eine Handtasche, ein Paar Ohrringe, ein Paar neue Schuhe. Sie überlassen mir diese Ecke, »hier hast du deine Ecke«, sagt die Hure, meine Schwester, zu mir, die mich hierhergeführt hat, und sie stellen mich neben diesen Altar, zwischen Kerzen und getrocknete Blumen.

Das ist nun meine Ecke. Ich eigne sie mir an, ich habe die Hoheitsgewalt über dieses Stück Asphalt. Wer hierherkommt, sollte meine Sprache sprechen, meine Freiheit der Redensart teilen, sich auf meinen Drittweltjargon einstellen. Ein Stück des anderen Endes der Welt im Herzen der Maltese-Stadt. Von hier aus sehe ich meine alte Wohnung, in der ich noch wenige Tage zuvor gelebt habe, in der ich meiner Rückreise die falsche Richtung gegeben habe, dort, wo ich meine Seele gelassen habe.

Ein Mann bleibt auf dem Bürgersteig auf der anderen Straßenseite stehen und mustert mich, während er eine

Zigarette anzündet. Das Licht des Streichholzes erleuchtet sein Gesicht, aber nur für eine Sekunde. Ich erkenne nicht viel, alles ist dunkel. Er geht einen Schritt vorwärts. Noch einen. Er nähert sich langsam und meine Hände fangen an zu schwitzen. Die Traveler schaut mich nervös vom Boden aus an. Ruhig, mein Mädchen, deine Mutter hatte schon immer etwas von einer Nutte, deine Großmutter hat mir das gesagt und sie hatte recht, also wird es nicht so schwer sein. Der Mann überquert die Straße und bleibt vor mir stehen. Ich erkenne den Geruch seines Tabaks.

»Kommst du mit?«, fragt er.

Ein Schatten mitten in der Dunkelheit dieser Ecke, eine Silhouette, die sich vor dem sanften Kerzenlicht des Altars abzeichnet.

»Wir könnten etwas trinken gehen, gute Musik hören. Es gibt eine Kneipe hier in der Nähe, in die ich gerne gehe.«

Ich erkenne diesen Akzent in seiner rauen Stimme. Es ist so lange her, dass ich nicht mehr mit einem Landsmann gesprochen habe. Das ist ein Punkt, der für mein Debüt spricht.

»Und das hier?«, fragt er mich und nimmt meine Schreibmaschine.

»Das ist eine Traveler de Luxe. Eine Schreibmaschine.«

»Du schreibst?«

Ich nicke. Die dunkle Gestalt betrachtet meine Traveler, berührt vorsichtig die Tasten und diese kleinen Flittchen lachen bei der Berührung seiner Finger. Es sind dünne, lange, knochige Finger. Etwas beginnt, sich auf die weiße Seite, die ich drin gelassen habe, zu tippen und die ganze Traveler quietscht vor Vergnügen, als ob sie vor schierer Lust explodieren würde.

»Ich weiß, was es heißt, auf so einer zu schreiben«, sagt er zu mir und drückt ein letztes Leerzeichen, »kommst du mit?«

Der Typ hustet kräftig, seine Brust zieht sich zusammen. Seine knochigen Finger nehmen meine Hand, um sich auf mir abzustützen, und ich kann mich dem nicht verwehren, ihn zu begleiten. Seine Finger genügen mir, die Möglichkeit, dass sie auf mir schreiben wie auf einer Traveler de Luxe. Ich stimme kaum merklich zu und er hilft mir mit der Schreibmaschine. Er nimmt meine Mappe mit den Erzählungen und lenkt mich durch die Gassen des Viertels. Langsam, es kostet ihn Mühe zu gehen, der Husten hält ihn immer wieder auf. Die Huren schauen mich lächelnd an, als wir an ihnen vorbeilaufen, machen Gesten der Komplizenschaft, heben die Daumen. Ich laufe durch die Straßen an der Hand eines Schattens.

Wir betreten die Maltese-Kneipe. Der Besitzer grüßt uns und zeigt auf einen Tisch in der Ecke. Wir drängen uns zwischen den Leuten hindurch und setzen uns, um eine Flasche Rotwein zu probieren, den sie uns in zwei Trinkgläsern servieren. Der Besitzer nickt verschwörerisch in unsere Richtung, von der Theke aus, neben dem Schallplattenspieler, und da ertönt aus den Lautsprechern eine Melodie aus Weinen und Seufzern. Eine wandernde Seele, das ist diese Frau, die da singt. Ihre Stimme erfüllt den ganzen Raum, aber ich kann sie nicht sehen. Sie hat keinen Körper, kein Gesicht. Mein Freund nimmt meine Hand und zieht mich auf die Tanzfläche. Ich spüre seinen Körper ganz nah an meinem. Tabakgeruch strömt aus seinem Mund und von seinen Fingern. Ich kann meinen Kopf auf seine Schulter legen, ich kann sein Herz von irgendwoher schlagen hören, seine Wärme fühlen, seine Transpiration unter diesem stinkenden Anzug. Der Takt ist sanft, ruhig, wie eine gute Siesta. Wir sind die Einzigen, die tanzen, niemand sonst kennt diese Lieder, niemand sonst kennt sich mit dieser Stimme aus dem Jenseits aus, diesem Geist, der jammert und in dieser traurigen Weise wehklagt. Die arme Frau, die in dieser schwarzen Scheibe gefangen ist, von einer Nadel angestachelt wird, dazu gezwungen wird, tausendundeinmal dasselbe Lied mit Harfen und Gitarren zu singen.

Mein Begleiter ist müde. Er ist krank und sein Körper funktioniert nicht, wie er das gern hätte. Er hat sich zu einer Kerze dort am Tresen gesetzt, um kurz auszuruhen. Was macht er? Er hat meine Erzählungen an sich genommen und betrachtet sie im Lichtschein. Ich kann nicht zulassen, dass er sie liest, das hat noch niemand getan. Wie oft bin ich vor dem Maltese-Haus stehen geblieben und habe das Licht dort oben gesehen. Wie oft war ich versucht hochzugehen und ihm meine Erzählungen zu geben, damit er mir seine Meinung sagt, um zu wissen, ob sich die Mühe lohnt, ob ich eine Chance habe. Jedes Mal, wenn ich an der Fassade des Maltese-Hauses vorbeikomme, erinnere ich mich daran, dass es keine so hohe Treppe gibt, die mich dort hinbringen könnte. Ich bleibe auf dem Erdboden zurück, mit meiner Mappe unter dem Arm, ohne die Füße zu heben, Staub liegt schon auf meinen Schuhen. Jetzt, hier in der Kneipe, nimmt dieser Typ meine Erzählungen und liest sie, ohne mich zu fragen, als ob ich sie dafür geschrieben hätte, um einen Kranken wie ihn in einer dunklen Bude wie dieser zu unterhalten. Er hustet und sein Körper schüttelt sich, aber er hört nicht auf zu lesen. Was mache ich? Ich trinke nur von der Flasche und lasse mich von der Stimme der rastlosen Seele tragen, ich wiege mich im Takt ihres Wehklagens. Was wird er wohl denken? Werden sie ihm gefallen? Alles dreht sich in meinem Kopf, mir ist schwindlig, viel Wein und viel Gras in so kurzer Zeit.

»Ich brauche einen ruhigeren Ort zum Lesen.«

Mein Freund packt mich wieder beim Arm, vielleicht wird er mir etwas sagen, eine Meinung, eine Kritik. Er schlägt mir vor, hier rauszugehen, woanders hinzugehen, an einen Ort, wo wir allein sein können und wo er in Ruhe lesen kann. Er sagt nichts mehr, nicht einmal ein Lächeln oder eine falsche Bewegung, die etwas verraten würde, ein Urteil, eine Bejahung, Unmut. Wenn er weiterlesen möchte, dann zumindest, weil es sein Interesse geweckt hat. Ich stimme zu, ich möchte nur ein Dach für die Nacht. Soll er lesen, soll er schlafen, soll er essen. Mir ist das egal.

Maltese sagte einmal, dass Santiago de Chile der Schlüssel sei. Du bist Chilene, wie ich, Landsmann, du kennst Santiago, weil du aus Santiago bist, oder? Dein Akzent verrät dich, dein südländisches Aussehen. Der erste Schritt, die obligatorische Stufe, unmöglich die Welt zu denken, ohne Santiago im Hinterkopf, die absolute Referenz, der Boden unter den Füßen, der Staub an den Schuhen. Ich gebe Maltese recht. Klug ist er, deshalb gefällt er mir, abgesehen davon, dass er sich so eine Schweinerei geleistet hat, aber das ist eine andere Geschichte, die ich dir nicht jetzt erzählen werde, die Sache ist, dass er das sehr gut gesagt hat: Santiago vergisst man nicht. Es verblasst, was nicht dasselbe ist. Ich übe mich immer darin, mich zu erinnern, es mir ins Gedächtnis zu rufen, und das wird immer schwieriger nach so langer Zeit. Jetzt zum Beispiel. Wir bleiben einen Moment stehen, hier an der Ecke, nur ein Weilchen. Ich weiß, dass du dich nicht gut fühlst, dass der Husten dich umbringt, dass du schnell meine Erzählungen lesen willst, aber ich will kurz hier stehen bleiben und mich darum bemühen, mich an etwas aus meiner Stadt zu erinnern. Ich schließe die Augen, versuche es. Siehst du? Ich kann nicht und daran ist nicht der Wein schuld. Ich schaffe es nicht, die Bilder scharf zu stellen, der Mapocho verblasst, die Alameda zerfällt, die Haut Santiagos schält sich und fällt zu Boden, um weggeweht zu werden und durch die Lüfte zu fliegen, steigende Drachen am Nationalfeiertag im Park O'Higgins, die davonfliegen, weil irgendein Idiot für die Lenkdrachenkämpfe seine Schnur mit feinen Glassplittern präpariert hat, weil er auf das Verbot scheißt. Santiago wurde gekappt, fliegt abgeschnitten durch die Lüfte wegen eines Schufts mit schlechten Absichten und ich versuche, es an dieser Ecke wieder aufzusammeln, ohne dass es mir gelingen will. Aber nichtsdestotrotz ist es da, irgendwo, ich spüre es, ich rieche es. Wo sind wir? Auch das hier ist ein Stück von Santiago. Ja, ich weiß, dass ich viel rede, entschuldige, aber es ist so schwierig, einen Landsmann zu finden, jemanden aus Santiago. Diese Gassen, dieses Viertel, das sich in meinem Kopf dreht nach so viel Gras, ist nicht mehr als eine Ansammlung von Dingen, die ich schon kennengelernt habe. Die Huren am Ufer des Mapocho, die gescheckten Kühe des Schlachthofs, die Großwohnsiedlungen auf der Avenida Matta. Ich war früher schon mal hier, die Maltese-Stadt ist nichts anderes als ein Auswuchs neu zusammengesetzter Santiagostücke. Eine Erfindung Malteses, um sich nicht allein zu fühlen, um sein Zuhause nicht zu vermissen oder seinen Bruder oder seine Fakultät. Es ist egal, dass alle hier eine andere Sprache sprechen, dass sie anders riechen, anders essen. Ich erkenne meine Stadt in all dem, Maltese hat sich die Schweinerei des Jahrhunderts geleistet und mit seiner mit feinen Glassplittern präparierten Drachenschnur uns so viele Santiagostückchen abgeschnitten, wie er nur konnte und sie dorthin mitgenommen. Maltese hat sich diese Erzählung ausgedacht und dann, weil er so ein Schuft ist, hat er es bereut und ist tot nach Chile zurückgekehrt und hat uns bis zum Hals in der Scheiße zurückgelassen. Vielleicht reduziert sich der Maltese-Himmel nur darauf: auf eine Rückkehr nach Santiago de Chile.

»Sind wir da? Willst du immer noch lesen?«, mein Freund sagt ja und nimmt mich an der Hand, um eine unendliche Treppe nach oben zu steigen. Die Stufen bewegen sich unter meinen Füßen und ich muss mich an seiner Schulter festhalten, an seinem speckigen Mantel, an dem meine Hand abrutscht. Wir steigen hoch und immer höher, bis ins letzte Stockwerk des Hauses. Alles kommt mir bekannt vor, nichts erstaunt mich, alles dreht sich in dieser Wohnung, in die wir gerade eintreten. Bröckelnde Wände, Schmutz, Rattenfraß. Das Dach zerfallen, freiliegende Dachbalken, Taubenscheiße, durchschimmernde Stücke des Nachthimmels hier und da. Dunkelheit. Über Jahre angesammeltes Kerzenwachs. Fenster ohne Scheiben, bedeckt von vergilbtem Zeitungspapier, veraltete Nachrichten, die als Vorhang dienen.

»Diese Scheiße ist dein Zuhause?«

Mein Freund antwortet nicht, er setzt sich in eine Ecke und zündet eine Kerze an, um meine Erzählungen zu Ende zu lesen. Ich bin es nicht, die gerade zählt, sondern meine

Geschichten. Ich glaube, sie interessieren ihn, er liest sie sehr aufmerksam, ohne mit mir zu sprechen oder mich anzublicken. Es ist mehr, als ich verlangen kann. Ob sie ihm gefallen werden? Ich kann nicht sitzen bleiben, ihm dabei zusehen, auf einen Kommentar wartend. Ich nehme eine andere Kerze und erforsche die Wohnung. Eine Kiste dient als Tisch. Darauf liegen viele schmutzige Blätter und Bleistiftstummel. Die Blätter sind mit Wörtern und einzelnen Buchstaben übersät. Mein Freund schreibt auch, aber mit der Hand. Ich sehe Symbole, unkenntliche Zeichen, Figuren, Zeichnungen. Die Kritzeleien gehen über die Blätter hinaus, sie sind in die Kisten geritzt, auf den Boden und auf die Wände geschmiert. Die Decke ist auch vollgekritzelt. Der ganze Ort ist mit dieser fremdartigen Sprache beschrieben. Meine Karte, die, die ich zur Orientierung auf meiner Traveler ausgeheckt habe, nützt mir hier nichts. Unleserliche Hieroglyphen füllen den ganzen Raum, eine erfundene Sprache, ein Slang, ein Jargon. Ich verstehe nichts. Wo bin ich? Etwas zerbricht. Ein Riss, eine Spalte, wie die, die dieses Dach durchziehen und den Blick auf das freigeben, was darüber ist.

Durch das Fenster schaue ich auf die Straße. Ich erkenne alles da draußen, weder das Gras noch der Wein können mich verwirren. Ich bin im Maltese-Haus, in der Wohnung, in der er wohnte, in der er starb. Wenn ich geradeaus blicke, dann kann ich mich sehen, in dem Gebäude auf der anderen Straßenseite. Das bin ich. Ich habe lange, blonde Haare, ich wandere schlaflos umher und versuche, etwas auf meiner Schreibmaschine zu tippen. Jetzt bleibe ich auf dem offenen Balkon stehen und schaue hier herüber. Ich weiß, was ich denke, dort gegenüber. Ich denke, dass hier, in dieser Wohnung, der Schlüssel liegt, dass ich nur durch diesen armseligen Ort in den Himmel gelangen kann. Der obligatorische Schritt, die Durchgangsstation. Jetzt halte ich inne und beobachte die dunkle Gestalt, die ich bin, hinter den vergilbten Zeitungen. Arme Gringa, sie erschreckt sich, als sie meinen Schatten sieht. In dieser Wohnung, in diesem Katastrophengebiet, in diesem Durcheinander ohne Struktur, ohne praktische Hilfe, da herauszufinden, es gibt keinen Ort für eine Südländerin wie dich, Gringa. Schau nicht mehr zu diesem Fenster, es gibt nichts zu sehen auf der anderen Straßenseite, suche nicht in dieser Wohnung, schreibe nicht, steige die Treppe hinunter und fliehe, versuche, die Denkweise desjenigen zurückzuerlangen, der Stufe um Stufe hinabsteigt, um wieder festen Boden unter den Füßen zu gewinnen. Das Gesetz der Schwerkraft, das der Normalität, das der guten Sitten, das der Wahrscheinlichkeiten, das der These und das der Antithese. Eines, das etwas festlegt, egal was, denn hier in dieser Wohnung gibt es nichts. Gehe nicht zur Schreibmaschine zurück, schreibe nicht, fange nicht an zu tippen, wie du es gerade tust.

Mein Freund ist fertig. Er steht auf und ohne mich anzuschauen, stellt er sich ganz ernst vor meine Schreibmaschine. Er tippt sein Urteil, etwas, das ich nicht lesen kann. Die Seite leuchtet im Dunkeln, aber die schwarze Schrift ist zu klein, um sie zu entziffern. Die Tasten meiner Traveler schlagen einen anderen Rhythmus an. Ich höre das Echo irgendwo in meinem Kopf widerhallen. Sie trommeln ohne Unterlass. Eine nach der anderen schlägt auf das Papier, sie überfallen es, geißeln es. Was hat er wohl geschrieben? Der Takt wiederholt sich nicht, er variiert, ändert sich, greift plötzlich ein Motiv wieder auf und noch einmal, kehrt es um, vergisst es und fährt mit etwas anderem fort.

Maltese sagte immer, dass der Tod das Antlitz einer Hure habe. Die langen und knochigen Finger meines Freundes greifen nach meinem Körper und tippen auf meinen Tasten, meinem Hals, meinem Nacken und wieder auf meinen Tasten, verlassen den Hals und gleiten zu meiner Brust hinab. Er sagte immer, dass, wenn du das Angesicht des Todes erblickst, du anfangen wirst, ihn jede Nacht zu suchen. Die Finger meines Freundes tippen auf meinem Gesicht, berühren meine Wangen, meine Augen, meine Nase, gleiten hinab zu meinen Brüsten, drücken meinen Nabel, erfassen die Feuchtigkeit meiner Schenkel, erkunden meinen Schoß, dringen in ihn ein und ich kreische vor Vergnügen wie eine Traveler de Luxe. Maltese sagte immer, dass sich dein Leben in das Warten auf die Verabredung mit einer unbekannten Hure verwandeln wird. Was wird er wohl von meinen Geschichten denken? Sein Husten neben meinem Ohr wird zum Gradmesser, ich spüre ihn so nah, Blutstropfen spritzen aus seinem Mund. Eine Hure, die, weil sie so eine Hure ist, dir auf den ersten Blick die Seele geraubt hat. Seine Brust auf meiner, die Tasten löschen die Makellosigkeit des weißen Papiers aus, zerknittern das feuchte Laken, füllen es mit Buchstaben, mit Punkten, Zeichen. Lose Wörter. Schultern. Finger. Bauchnabel. Brust. Synkopierte Wörter, die die Pausen unterbrechen. Busen, Penis. Schoß. Schweiß. Schweiß. Schweiß. Rhythmische Wörter, die sich langsam erheben, die fliegen, die explodieren. Und eines von ihnen lässt dich, wenn du Glück hast, an die Pforten des Himmels klopfen.

»Warum bist du nicht hochgegangen, Gringa?«, fragt mein Freund und ich spüre seine Finger, die meinen kahlen Nacken streicheln.

Bruno. Seine Augen sehen mich an. Mein Gesicht einer unerfahrenen Hure, das sich in seinen geweiteten Pupillen spiegelt. Bruno. Sein Körper auf meinem, ein Schatten von diesem Kerl, den ich in allen U-Bahn-Linien gesucht habe. Bruno. Du bist es. Du warst es die ganze Zeit. »Warum bist du nicht hochgegangen?«, sagst du zu mir und ich müsste dir antworten: aus reiner Dummheit, denn nichts ist so, wie dich wieder an meiner Seite zu spüren. Ich müsste sagen, dass mir scheint, dass es hierbei nur um das hier ging und nicht um Maltese oder den Himmel. Nur du und ich, mein Verlangen, dich zurückzuhaben, unsere verwaiste Traveler, die weint und dich sucht. Ich vermute das ist es, was ich sagen sollte, aber bevor ich es tue, fällt ein dicker Brocken aus deinem Mund auf meine Brust. Deine Lippen öffnen sich und ein Faden aus Spucke und Blut läuft zwischen ihnen hervor. »Warum bist du nicht hochgegangen?« Bruno hält in seiner Frage inne, erstarrt, sein Körper hört auf zu funktionieren. Endstation der Metro. Ende der Linie 66. In der Maschine steckt das weiße Papier, auf dem er tippte. Sein letzter Seufzer auf die Traveler de Luxe gedruckt. *Du hast es geschafft, Gringa. Wie fühlt es sich an, den Himmel zu berühren?*

Ich habe deinen Brief gelesen, Pablo. Ein chilenisches Paar, das vor Kurzem in diesem Viertel angekommen ist, hat ihn in seiner Wohnung erhalten und mich dann gesucht, um ihn mir zu geben. Welch ein Glück. Ich danke dir für alles, was du für Bruno getan hast, ohne deine Hilfe hätte ich es nie geschafft, ihn zurückzubringen. Es geht nichts über das Beerdigtwerden im Heimatland, bei deinen Leuten, bei deinen Sachen. Die Hausverwalterin des Gebäudes, in dem ich jetzt lebe, hat mir das gesagt, als ich ihr erzählte, dass ich Bruno zurück nach Santiago geschickt habe. Du fragst mich, ob ich gedenke zurückzukehren. Um von hier wegzukommen, scheint es nur einen Weg zu geben und den habe ich mich zu gehen entschlossen. Ich bin in der Maltese-Wohnung, ich habe meine Schreibmaschine im Müll an einer Häuserecke gelassen und gebe mich dem Rauchen von Brunos blauer Pfeife hin, die er zurückgelassen hat. Ich schaue durch das Fenster. Ich spioniere die neuen Nachbarn aus, die sich hinter den vergilbten Papieren des Fensters, die die Scheiben ersetzen, verstecken. Ich schlage die Stunden tot, indem ich Briefe schreibe, wie diesen hier. Besser gesagt, mir Briefe wie diesen hier ausdenke, denn ich habe nichts mehr, wohin oder womit ich es schreiben könnte. Ich habe die Literatur, die Buchstaben vergessen, mein Kopf reduziert sich auf eine abgenutzte und verwaschene Tastatur. Ich fühle mich nicht gut, manchmal huste ich, manchmal spüre ich meine ziehende Haut. Sie schmerzt, sie trocknet aus und fällt zu Boden. Maltese hat es mir in den Körper gepflanzt, Pablo, und jetzt weiß ich nicht mehr, wie ich es loswerden soll. Ich öffne mein Fenster und stelle mir das Kreuz des Südens dort oben vor. Es gibt keine Karte, an der ich mich orientieren könnte, hier in der Stadt, aber ich weiß noch, wo Santiago ist. Brunos Knochen, du. Über den Dächern des Viertels sind die Tasten einer Schreibmaschine zu hören. Ich nehme das Geräusch wahr, wie es sich über die Stromleitungen erhebt, wie sich das Echo nach oben schwingt, über die Dachsimse, über die Wolken. Es ist ein pulsierender Rhythmus, ein anderer Swing, der von Lenkdrachen erzählt, die ein Schuft mit schlechten Absichten abgeschnitten hat. Jemand tippt über den Dächern auf einer Schreibmaschine. Und ich bin es nicht.

Anmerkungen der Übersetzerin

Adiós ist die in allen spanischsprachigen Ländern übliche Art, auf Wiedersehen oder Lebewohl zu sagen, und heißt frei übersetzt »Gott befohlen«.

Die Avenida Libertador General Bernardo O'Higgins, die Haupteinkaufsstraße Santiago de Chiles, wird im Volksmund die **Alameda**, *»die Allee«*, genannt.

In Argentinien und Uruguay wird Matetee aus einem Trinkgefäß mit der **Bombilla** [gesprochen wie Bomb'ischa], einem Trinkröhrchen aus Holz oder Metall, getrunken.

Der uruguayische **Candombe** ist eine von afrikanischen Sklaven entwickelte, auf Trommelrhythmen basierende Tanzmusik und -form, die insbesondere im uruguayischen Karneval eine zentrale Rolle spielt.

Chicha [gesprochen wie Tsch'itscha] ist fermentierter Apfel- oder Traubensaft, der in Chile gerne getrunken wird.

Die **Cueca** ist der chilenische Nationaltanz, bei dem ein Paar, ähnlich wie bei einem Gruppentanz, sich aufeinander zu und umeinander herum bewegt.

Ein in vielen lateinamerikanischen Ländern an fast jeder Straßenecke erhältlicher und beliebter Snack ist das **Choripán** [gesprochen wie Tschorip'an], ein Sandwich mit gegrillter Chorizowurst.

Sehr beliebt in Spanien und Lateinamerika sind die **Empanadas**, unterschiedlich gefüllte Teigtaschen.

Der Karneval in Montevideo, Uruguay, wird mit den **Llamadas** [gesprochen wie Scham'adas] eröffnet, einem zwei Abende andauernden Karnevalsumzug in afrouruguayischer Tradition.

Zum typischen Karneval im Gebiet des Río de la Plata gehören die **Murgas**, Gruppen aus Sängern, Tänzern und Trommlern, die satirische Bühnenauftritte veranstalten.

Inhalt

11	**Marion**
34	**Blanca**
58	**Emilia**
76	**Der Himmel**
100	**Ein kaputter Schuh**
108	**Der erste November**
121	**Maltese**

Nona Fernández
DIE TOTEN
IM TRÜBEN WASSER DES MAPOCHO
Roman
Aus dem chilenischen Spanisch von **Anna Gentz**

Das Telefon klingelt und nur kurze Zeit später reist Rucia ihrer großen Liebe Indio nach Santiago de Chile nach. Doch statt Indio findet sie dort nur das alte Haus ihrer Kindheit und Fausto, einen alten Historiker, der gerade seine Kinder verloren hat. Ein Labyrinth aus Erinnerungen, Geheimnissen und Lügen tut sich auf.

Warum versteckt sich Indio vor ihr und was hat es mit den im Mapocho treibenden Toten auf sich?

Mapocho ist der Name des Flusses, an dessen Ufern Santiago de Chile erbaut wurde. In Nona Fernández' Roman wird er nicht nur von den Abwasserkanälen der Stadt, sondern auch vom Dunkel der Vergangenheit gespeist. Leichen, Mythen und persönliche Schicksale treiben darin.

Der Roman verwebt Geschichten von einem inzestuösen Geschwisterpaar, von unter General Ibáñez verschleppten Transvestiten, versklavten Gefangenen, einem selbstmordgefährdeten Historiker und von einem auf der Suche nach seinem Kopf umherstreifenden Häuptling der Mapocho-Indianer zu einem bunten Mosaik – mal grotesk und provokativ, mal sanft und fast zärtlich.

»Die retrospektiv-visionäre Schreibkunst der Nona Fernández
enthält dabei eine gute Portion Realismus,
sie drückt ein postdiktatoriales Lebensgefühl aus,
das nicht so leicht vergehen will.«
Leopold Federmair [Neue Zürcher Zeitung]

Gebunden mit Schutzumschlag und Lesebändchen, 256 Seiten
ISBN: 978-3-902711-09-0

Mehr über Nona Fernández unter

www.septime-verlag.at